KB045733

인생,
한 곡

• 본문 〈봄날은 간다〉 〈사계〉 〈임을 위한 행진곡〉에 수록된 사진은 석재현 작가의 작품이며, 그 외 사진은 권태균 작가의 작품입니다.

김동률 지음
권태균 석재현 사진

김동률 교수의 음악 여행 에세이

인생, 한곡

人生一曲

차례

늙은 노래를 위한 찬가

내가 태어나서 최초로 배운 노래는 〈꽃밭에서〉였다. 하루 고작 세 번, 신작로에 먼지를 풀풀 날리며 시골버스가 다니던 시절, 마초 아버지를 하염없이 기다리던 어머니는 밤이 이슥해지면 취학 전 어린 삼형제에게 하모니카를 불어가며 이 노래를 가르쳤다.

아빠하고 나하고 만든 꽃밭에
채송화도 봉숭아도 한창입니다
아빠가 매어 놓은 새끼줄 따라
나팔꽃도 어울리게 피었습니다

애들하고 재밌게 뛰어놀다가
아빠 생각나서 꽃을 봅니다
아빠는 꽃 보며 살자 그랬죠
날 보고 꽃같이 살자 그랬죠

노래가 끝날 때쯤이면 아랫목에 고이 모셔진 아버지 밥이 담긴 놋그릇의 온기를 발가락으로 느끼며 어린 생명들은 잠이 들었다. 지금 생각해보니 어머니에게 아버지는 하나의 거룩한 종교였던 것이다.

내가 태어나서 최초로 들은 대중가요는 〈목포의 눈물〉이었다. 대체로 통근하던 아버지를 기다리던 어머니는 해질녘 논물이 가득한 둑길을 나서며 "사아고오옹의 밴노오래 가아무울 거어리면…"을 흥얼거리셨다. 나는 그 당시 목포가 어디에 있는지도 모르던 산골 아이, 그러나 언젠가부터 〈목포의 눈물〉을 들으면 고향의 어머니가 반사적으로 생각난다.

〈고래사냥〉, 〈아침이슬〉을 인식하게 된 것은 학교 근처 냉기 도는 중국집 이층 방. 짬뽕 국물을 안주로 값싼 고량주에 취해 젓가락을 두드리며 고래고래 불렀던 노래였다. 숨 가쁜 이촌향도의 물결 속에 이른바 '우골탑牛骨塔' 유학생들이 유난히 많았던 1970년대 말에서 1980년대 초, 떠나온 고향을 생각하며 부르던 망향의 노래였다. 유장한 멜로디에 깊은 페이소스가 녹아 있는 가락에 취해 결국 하숙집으로 돌아오는 길목에 훌쩍이던 기억이 아련하다.

그렇다고 해서 내가 대중가요만 좋아하는 것은 아니다. 궁핍했던 청춘 시절, 입주 과외를 하면서 푼푼이 모은 돈으로 마련한 명품 오디오가 몇 세트 있고, 오랜 세월 어렵게 사 모은 적잖은 분량의 그라모폰, 데카 원판이 장롱에서 잠자고 있다. 바흐의 파르티타는 내가 즐겨 듣는 레퍼토리고, 적어도 일 년에 대여섯 차례 이상 콘서트를 찾는 클래식 마니아다. 1988년 가을, 88서울올림픽 기념으로 삼성그룹에서 초대한 테너 루치아노 파바로티 내한공연 당시 콘서트 팸플릿 서문도 내가 썼다. 담당 직원이 누구의 말을 들었는지 내게 부탁해 왔고 지금도 그날의 팸플릿은 서재의 한 구석에 빛바랜 채 꽂혀 있다. 수년 전 겨울 베를린 영화제에 초대받았을 당시, 취소된 표를 어렵게 구해 사이먼 래틀이 지휘하는 베를린 필을 이틀

간 찾았다. 남들이야 현빈, 임수정과 같이 참석한다니 부러운 표정이지만 나는 1963년 완공된 유서 깊은 전용 홀에서 열리는 베를린 필 연주회에 가보는 게 젊은 날의 꿈이었고 결국 이루게 된다. 사실 그러고 보니 젊은 시절에는 클래식 평을 꽤 많이 썼다. 〈객석〉이나 〈음악저널〉 같은 전문지에서 수시로 부탁해왔고, 나는 다른 시사 칼럼과는 달리 음악 관련 칼럼은 거절하지 않았다.

그러나 지독히 고통스러울 때는 역시 대중가요가 제격이다. 중년이 되고 나서는 〈봄날은 간다〉만 들으면 울적해지는 스스로를 보면 더욱 그러하다. 클래식을 들어서는 좀처럼 울적해지고 서글퍼지는 경우는 드물다. 차이코프스키의 교향곡 6번 〈비창〉을 들으면 슬퍼지기보다는 외려 그 웅장한 슬라브 정조에 위압당하게 된다. 그러나 대중가요는 우리를 웃고 울게 하는 묘한 마력을 지니고 있다. 폐부에서 솟구치는 절절한 서러움을 토하는 장사익의 노래를 들으면 맘이 짠해져 온다. 대중가요는 참으로 오랫동안 가난 탈출에 몸부림치던 개발연대 한국인들을 울렸다. 가무를 좋아하는 민족이라는 나라 밖 사람들의 시선에 걸맞게 사실 노래만큼 한국인들의 삶에 영향을 끼친 것은 드물다. 오랜 세월 불려온 늙은 노래들은 이제 불후의 명곡으로 되살아나며 세대를 넘어 사랑을 받고 있다.

그러나 대중가요에 대한 우리의 시선은 여전히 이중적이다. 브람스나 바흐 음악은 위대한 것으로 인식하지만 정작 자신의 슬픔을 달래주는 대중가요에 대해서는 내려다보는 이른바 미적 야만주의aesthetic barbarism에 사로 잡혀 있다. 음악에는 계급이 없다. 이 책은 그런 취지에서 나왔다.

지난 수년간 〈신동아〉에 연재된 칼럼을 알에이치코리아에서 책으로 묶어 낸다. 이 과정에서 출판을 거절하는 나를 설득하는 일부터 편집 과정까지 수고를 마다치 않은 알에이치코리아 편집부가 있었다. 그들의 강력한 독촉이 없었다면 이 책은 세상에 나오지 못했다. 나와 10년간 같이 작업해오던 사진작가 권태균 선생이 지난 1월 심장마비로 돌아가셨다. 〈세노야〉를 위해 나와 같이 군산, 남해, 통영 앞바다를 다녀온 뒤 사흘 뒤 세상을 떠났다. 그는 자타가 공인하는 우리 시대 최고의 다큐멘터리 사진작가, 어쭙잖은 나의 글을 발광시키는 절정의 내공을 지닌 분이었다. 매달 노래의 배경을 찾아 사나흘간 그와 쏘다녔던 기억은 좀처럼 잊히지 않을 것이다. 그가 출판을 강력하게 권했고, 이 책은 그의 영전에 바치는 우정의 선물이다.

그리고 오늘 책을 내면서 보통 사람에게 오랫동안 감

동을 주는 늙은 노래가 많이 불리는 사회가 건강하고 행복한 사회임을 문득 깨달았다. 인생도, 청춘도, 꿈도 노래와 함께 간다. 맞다, 열아홉 순정은 황혼 속에 슬퍼지고 얄궂은 노래와 함께 세월은 간다. 이 책은 삶의 신산함을 겪은 이 땅의 중년에게 바치는 소박한 헌사다.

#01

1장.

노스탤지어, 그리움의 노래

人生一曲

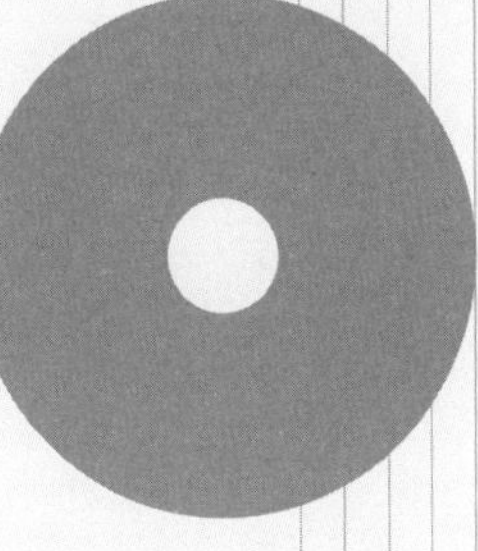

광화문 연가

이문세

이제 모두 세월 따라 흔적도 없이 변하였지만
덕수궁 돌담길엔 아직 남아 있어요
다정히 걸어가는 연인들
언젠가는 우리 모두 세월을 따라 떠나가지만
언덕 밑 정동길엔 아직 남아 있어요
눈 덮힌 조그만 교회당
향긋한 오월의 꽃향기가
가슴깊이 그리워지면
눈 내린 광화문 네 거리 이곳에
이렇게 다시 찾아와요

언젠가는 우리 모두 세월을 따라 떠나가지만
언덕밑 정동길엔 아직 남아 있어요
눈 덮힌 조그만 교회당

향긋한 오월의 꽃향기가
가슴깊이 그리워지면
눈 내린 광화문 네 거리 이곳에
이렇게 다시 찾아와요

언젠가는 우리 모두 세월을 따라 떠나가지만
언덕 밑 정동길엔 아직 남아 있어요
눈 덮힌 조그만 교회당

열병처럼 지나온 젊은 날의 기억

잠자고 있던 옛 기억을 일깨워주는 노래, 듣는 동안 과거를 주유케 하는 노래가 있다. 〈광화문 연가〉는 바로 그런 곡이다. 과거가 아름다운 건 꽃다웠던 그 시절이 다 가버렸기 때문 아니던가. 노래는 이제 중년이 된 이들에게 열병처럼 지나온 젊은 날의 기억을 되돌려준다. 세월 따라 떠난 그 시절 청춘들은 지금 어디에 있을까.

짧은 인생 동안 정들었던 수많은 거리와 여인들을 다 음미하고 또 가슴에다 남겨 놓는다는 것은 불가능하다. 그러나 정말 소중한 것은 적어도 가슴 한켠에 남아서 가끔 슬퍼지거나 외로워질 때 순간순간 떠오르게 된다. 흑백사진처럼 화려하지는 않지만 그래도 남루하지는 않고, 조금은 코끝이 찡해지는 그런 순간들이고 그런 장소들이 있다. 광화문은 우리 세대에게 그런 존재다. 사랑하는 사람이 그렇듯 특별한 장소에도 정드는 경우가 있다.

사람 냄새를 입다

노래 〈광화문 연가〉는 이 땅의 기성세대들에게 잠자고 있던 옛날 기억을 일깨워준다. 노래를 듣는 순간만큼은 과거의 세계로 주유하게 된다. 그래서 이른바 꽃다운 시절로 돌아가 입가에 웃음을 띠기도 한다. 그러나 세상의 모든 이치가 그러하듯 꽃이 아름다운 것은 지고 난 뒤가 그만큼 더 처참하고 황폐하기 때문이고, 꽃다운 시절이 아름답다는 것은 꽃다운 시절이 다 가버렸다는 의미가 아닌가. 이문세의 〈광화문 연가〉는 바로 그런 노래이고 노랫말이다.

일찍이 미당은 "광화문은 차라리 한 채의 소슬한 종교宗敎이자 낮달마저도 파르르 떨며 흐른다"고 노래했다. 그런 광화문에는 묘한 냄새가 있다. 서울의 심장, 이 웅장한 네거리에는 혁명의 피 냄새도 있고 백성에게 아무것도 해준 적 없는 왕조의 남루함도 배여 있다. 정작 존재감 없는 광화문에 사람 냄새를 입힌 것은 교보빌딩 정면에 드리운 시 구절이다.

살얼음 속에서도
젊은이들은 사랑하고
손을 잡으면 숨결은 뜨겁다

어느 해 겨울 등장한 신경림의 〈정월의 노래〉다. 일 년에 4번 옷을 갈아입는 광화문 글판은 계몽적이던 과거에서 벗어나 사람들의 마음을 위무하는 시구로 바뀌어 등장하고 있다. 이렇게 된 데는 1997년 말 외환위기가 계기가 되었다. 광화문 글판의 가장 압권은 안도현의 시 〈너에게 묻는다〉였다.

연탄재 함부로 차지 마라
너는 누구에게 한번이라도
뜨거운 사람이었느냐!

이 시 구절은 연탄재와 함께 웃고 울어온 이 땅의 기성세대들에게 일갈한 수작秀作이었다. 그러나 이 기막힌 시구를 탄생시킨 서정 시인은 아이러니하게도 지금은 정치 투사가 되어 세상의 불의에 맞서겠다며 고군분투하고 있다.

강남과는 다른 곳
광화문

광화문이 글판과 함께 대중에게 감성적으로 먹혀드는 데에는

아무래도 노래 〈광화문 연가〉도 한몫했다고 봐야 한다. 노래는 빌딩 숲으로 숨 막히는 광화문 일대에 온기를 입히고 있다. 메마른 도회인들에게 '연가'라는 매력적인 단어를 불러내 추억과 낭만이라는 덧칠 작업을 훌륭히 해내고 있다는 의미다.

광화문은 누가 뭐래도 서울의 중심이다. 압구정동, 청담동, 강남역 일대가 아무리 발버둥을 쳐도 광화문을 따라오기는 힘들다. 속성 개발된 강남 거리들이 가지는 한계다. 그런 광화문에는 저마다 사연이 엮여 있다.

〈광화문 연가〉는 기성세대들에게는 자신들의 청춘을 추억하는 노래다. 특히 이 일대에서 고등학교를 다닌 오리지널 서울 시민들에게는 특별난 풍경이 된다. 개발연대 당시, 도심 교통량을 해결하기 위해 광화문을 중심으로 자리 잡고 있던 과거의 명문고들이 신개발지인 강남이나 목동으로 쫓겨가기 전 광화문은 그 시절 청춘들이 몰려다니던 추억의 거리였다. 북촌 인근의 경기고를 비롯해 경희궁터의 서울고, 지금의 헌법재판소 자리에 있던 창덕여고, 창성동의 진명여고, 수송동의 숙명여고, 정동의 이화여고, 배재고, 경기여고 등 장안의 내로라하는 명문고교들이 광화문 네거리를 중심으로 빙 둘러싼 형국이었다. 경복고, 중앙고 정도가 아직 남아 있고 중동고, 휘문고, 양정고, 배재고 등 전통의 사학들도 개발바람에 강 건너에 둥지를 틀었다.

광화문 일대 명문고들이 잉태한 또 하나의 현상은 명문 입시학원이다. 대성, 종로, 정일학원 등 이른바 3대 천왕 학원에 크고 작은 외국어 학원까지 가히 청춘들의 용광로에 비견될 만한 요소를 갖추게 된다. 그 당시 이 일대에는 고고장, 나이트 클럽, 음악감상실, 분식집, 빵집이 넘쳤으며 거리는 데이트를 즐기는 청춘들로 좁았다. 인터넷 예매가 없던 시절, 어쩌다 지금의 동화빌딩 자리에 있던 국제극장에 〈닥터 지바고〉라도 걸린 주말이면 긴 줄이 지금은 흔적조차 없는 신문로 덕수제과까지 이어졌다.

이딸리아노와 돌담길

이런 지정학적인 변인과는 별도로 광화문을 낭만스럽게 만든 또 하나는 덕수궁 돌담길이다. 돌담길은 그리 내놓을 것도 자랑할 것도 없는 서울 사람들에게 최소한의 낭만을 선사하며 버티고 있다. 돌담길이 지금처럼 유명해진 데는 MBC도 한몫했다. 지금의 정동 입구에 있는 경향신문사는 여의도로 이전

덕수궁 돌담길에는
코끝이 찡해지는
추억들이 배여 있다。

하기 전 MBC가 있던 자리다. 고故 김수근 선생이 설계한 멋쟁이 건물은 그 옛날 문화관광호텔로 있다가 1977년 3월 문화방송 사옥으로 바뀐다.

그런 MBC 사옥 건너편에는 이딸리아노란 양식집이 있었다. 이딸리아노라고 해서 이탈리아 식당으로 알면 오산이다. 지금처럼 이탈리아 식당, 프랑스 식당, 그리스 식당 등으로 분화되기 전에는 그저 '양식당' 정도로 불리고 또 이해되었다. 방송이라곤 KBS와 MBC, 딱 두 개 있던 시절, 이딸리아노는 MBC 정문 앞에 위치한 탓에 문전성시를 이루었다. 방송을 마친 연예인이나 당대의 명망가들은 이곳에서 잠시 머물며 흔치 않은 방송출연에서 오는 흥분을 달랜 뒤 돌담길을 따라 시청 쪽으로 나가 버스를 타곤 했다. 그래서 당시 덕수궁 돌담길을 걷다 보면 으레 유명 연예인이나 명사들과 지나치게 되는 경우가 잦았다.

이딸리아노란 말을 듣는 순간 가슴이 짠해오는 사람들이 있을 것이다. 그 옛날 서울고, 이화여고 졸업생들이다. 아직은 가난했던 시절, 양식당은 장안의 명소였고 이전하기 전의 서울고와 이화여고 딱 중간에 자리한 덕에 두 학교 재학생들 간에 정분이 유별났다. 조숙한 이들은 이미 고등학교 1학년 때 언약하고 결혼까지 성공한 사람들도 꽤 있었다고 전해진다.

후회
또는 상처

그러나 정작 광화문과 덕수궁 돌담길에는 비극적인 요소가 강하다. 굳이 표현하자면 이별에서 오는 후회 또는 상처들이다. 그래서 이문세는 덕수궁 돌담길을 걷는 연인들이 언젠가는 모두 이별하게 된다고 노래하고 있다. 맞다. 세월을 따라 그 시절 청춘들은 모두 떠났고 노랫말처럼 언덕밑 정동길엔 감리교회만 힘겹게 버티고 남아 있다.

노래 〈광화문 연가〉의 위력은 다양한 장르에서 나타나고 있다. 노랫말과 비슷한 걸개의 〈광화문 연가〉라는 동명의 뮤지컬도 있고 그림도 있다. 그러나 그림은 노래의 서정과는 대척점에 있어 보는 이로 하여금 또 다른 생각을 갖게 한다. 민중화가 임옥상의 작품으로 2011년에 제작된 가로 456센티미터, 세로 182센티미터의 거대한 이 유화는 그림 전체를 압도한 핏빛으로 인해 보는 이들에게 섬뜩함을 안긴다. 멜랑꼴리한

임옥상 화백의 〈광화문 연가〉

노래 〈광화문 연가〉와 제목은 같지만 억눌리고 폭압적인 느낌은 정반대에 있다.

〈광화문 연가〉는 수많은 가수들에 의해 불리고 있다. 이 노래는 부른 가수와 함께 작곡가의 이름이 나란히 소개되고 언급되는 특별함을 지니는데, 그 작곡가는 바로 고故 이영훈이다. 많은 이들이 여전히 추억하는 요절 작곡가 이영훈은 오랫동안 〈광화문 연가〉를 사람들에게 불리게 하는 또 다른 힘이 된다. 실제로 이문세의 수많은 히트곡은 대부분 이영훈의 콩나물에서 나왔다. 〈옛사랑〉, 〈그녀의 웃음소리뿐〉, 〈사랑이 지나가면〉, 〈가로수 그늘 아래 서면〉, 〈붉은 노을〉 등이 그러하다. 그래서 사람들은 이문세의 노래를 들으면서 이영훈을 생각하곤 한다.

요절 작곡가 이영훈의 추모비

서정성이 뛰어나고 아름다운 멜로디의 빼어난 곡들이 단 한 명의 작곡가에게 쏟아져 나왔다는 사실에 감탄하며 새삼 그의 짧은 생을 안타까워 한다. 그런 열혈 팬들은 정동교회 맞은편에 있는 이영훈 추모노래비를 찾게 되는 것이다. 2009년에 세워진 추모비는 검박하지만 광화문 시대를 그리워하는 기성세대들의 그리움이 오롯이 담겨 있다.

이제 모두 세월 따라 흔적도 없이 변하였지만
덕수궁 돌담길엔 아직 남아 있어요
다정히 걸어가는 연인들

추모패에 새겨진 글귀다. 노랫말 때문인가. 〈광화문 연가〉를 들으면 종로서적이 떠오르고 무교동에 있던 음악감상실 르네상스가 펼쳐진다. 광화문은 청춘의 한 자락에 그렇게 깊이 새겨져 남았다. 그리하여 비록 턱없는 센티멘털리즘 때문에 다소간의 과장이 있긴 해도 노래에는 광화문 일대를 거쳐간 수많은 사람들에게 열병처럼 지나온 젊은 날의 그리움과 슬픔을 안겨준다. 유치찬란했느니 그 시절들, 지나가버린 것은 더 큰 그리움으로 다가온다지만, 지금 이 순간 노래 〈광화문 연가〉를 들으며 과거를 추억하는 것이 어떤 사람에게는 오히려 더 큰 슬픔이 된다.

물레방아 도는데

나훈아

돌담길 돌아서며 또 한 번 보고
징검다리 건너갈 때 뒤돌아보며
서울로 떠나간 사람
천리타향 멀리 가더니
새 봄이 오기 전에 잊어 버렸나
고향에 물레방아 오늘도 돌아가는데

두 손을 마주잡고 아쉬워하며
골목길을 돌아설 때 손을 흔들며
서울로 떠나간 사람
천리타향 멀리 가더니
가을이 다 가도록 소식도 없네
고향에 물레방아 오늘도 돌아가는데

담배
CIGARETTES

그대, 고향에 다시 못 가리

〈물레방아 도는데〉의 노랫말에는 고향을 떠나온 이의 애끓는 마음이 담겨 있다. 가난해서 떠나왔지만, 가고 싶어도 갈 수 없는 고향에 대한 그리움. 낙엽이 쌓이고 흰 눈이 내려도 미싱을 잡아야 했던 수많은 '공순이' 소녀들의 정서가 고스란히 드러난다. 이 노래를 들으며 가짜 풍요가 넘치고 넘치는 오늘이 문득 비감해진다.

강인이라는 대중음악 평론가가 있다. 애초 사계斯界에만 알려져 있었으나 지난 몇 년간 몰아닥친 방송의 각종 오디션 프로그램 심사위원을 도맡아 하면서 일반 대중들에게도 널리 알려진 인물이다. 강인은 광복 이후 한국 트로트의 금자탑으로 딱

한 곡을 꼽았는데, 그 노래가 바로 나훈아의 〈물레방아 도는데〉이다. 사람에 따라 남진의 〈님과 함께〉나 이미자의 〈동백아가씨〉를 떠올릴 수 있겠으나 강인은 〈물레방아 도는데〉야말로 나훈아를 트로트의 황제로 추대하는 데 이론의 여지가 없다고 잘라 말한다.

1972년 정두수의 노랫말에 박춘석이 곡을 붙인 이 노래는 이농 현상으로 도시로 몰려든 어린 노동자들의 돌아갈 수 없는 고향에 대한 절절한 슬픔을 형상화한 노래다. 당시 도시로 몰려든 그 시절 가난한 사람들에게 전대미문의 폭발적인 인기를 끌었다. 사람들은 〈물레방아 도는데〉를 통해 두고 온 고향에 대한 쓰라린 슬픔을 노래했다. "천리타향 멀리 가더니 / 가을이 다 가도록 소식도" 없는 떠난 이에 대한 처절한 그리움은 지금 들어도 가슴이 먹먹해져 온다. 너무 가난하여 떠나왔지만 가고 싶어도 갈 수 없는 고향에 대한 그리움이 노래 밑바닥에 녹아 있는 것이다.

〈물레방아 도는데〉는 남진의 〈님과 함께〉와 여러 가지로 대조적이다. '저 푸른 초원 위에 그림 같은 집을 짓고 / 사랑하는 님과 함께 단둘이 살고 싶다'라는 〈님과 함께〉는 고향을 떠나온 어린 노동자들이 도저히 이룰 수 없는 꿈과 이상향을 노래했다. 산업화 시대에서는 불가능한 꿈을 노래로나마 불렀던 것이다.

힘든 야간작업을 마친 지친 노동자들은 〈물레방아 도는데〉로 노동현장에서 겪는 고통과 향수를 노래하고 〈님과 함께〉를 통해 불가능할지 모르는, 아마 불가능할 것이 틀림없는 미래를 상상하며 스스로를 위무했던 것이다.

두고 온 고향에 대한 그리움

평론가들은 〈물레방아 도는데〉를 두고 한국 트로트 역사에서 혁명적인 노래쯤으로 평가한다. 일본 엔카가 지닌 섬세하고 유약한 여성적인 발성의 틀에서 벗어나 다이내믹한 '뒤집기와 꺾음'을 통해 강인한 남성상을 극적으로 구현하는, 이른바 대륙적인 울림을 창조했다는 것이다. 기실 〈물레방아 도는데〉와 이미자의 〈동백아가씨〉나 〈기러기 아빠〉, 〈섬마을 선생님〉을 번갈아 들어보면 이해가 가는 대목이다.

그러나 노래가 지니는 이 같은 창법도 창법이지만 노래는 슬프고도 짠한, 그래서 종국에는 가슴이 쓰라려 오는 노랫말로 인해 개발 시대 한국인들의 상상을 뛰어넘는 사랑을 받게 된다.

돌담길 돌아가며 또 한 번 보고
징검다리 건너갈 때 뒤돌아보고

이렇게 시작되는 가사는 그 시절 '공순이'나 '식모'로 불리던 수많은 이 땅의 어린 소녀들의 정서를 고스란히 담았다.

공순이들은 서러웠다. 가난하니 못 배웠고, 못 배웠으니 무식했다. 대부분의 어린 여성 노동자들은 가부장적이고도 남존여비男尊女卑의 유산 속에 오빠나 남동생의 학비를 벌기 위해 자신의 진학을 포기하고 서울로 떠났다. 속옷에다 작은 돈주머니를 달아주던 어머니를 눈물 속에 뒤로하고 서울로 온 그들이다. 이런 까닭에 1970년대의 여공들 중에는 한글을 모르는 사람들도 상당히 많았다. 지금은 구로디지털단지로 화려하게 탈바꿈한 구로공단에서 일하던 여공들은 국졸 혹은 국교중퇴가 대부분. 영어로 된 라벨을 다는 것은 한글도 모르는 소녀들에게는 고역이었고 'M'과 'W'를 혼동하여 작업반장에게 따귀를 맞는 일도 허다했다고 한다.

이 같은 이촌향도의 정서를 담은 노래는 역시 나훈아가 부른 〈고향역〉으로 정점을 찍게 된다. 〈물레방아 도는데〉가 떠난 이의 노스탤지어라면 '코스모스 피어 있고 이쁜이 꽃분이 모두 나와 반겨주는 고향역'은 명절을 맞아 찾은 고향에 대한 짧은 순간의 환희를 노래한 것으로 이해된다. 노랫말이 고향을 떠날 수밖에 없는 숙명을 암시하고 있기 때문이다.

흰머리 휘날리면서 달려온 어머님을
얼싸안고 바라보았네
멀어진 나의 고향역

〈물레방아 도는데〉는 슬프고 비장감이 살아 숨 쉬는 노래로 그 시절의 분노와 슬픔이 구석구석에 꾹꾹 숨겨 있다. 이 노래보다 3년 앞서 1969년 패티 김이 발표한 〈서울의 찬가〉와는 완전히 궤를 달리한다.

종이 울리네 꽃이 피네
새들의 노래 웃는 그 얼굴
아름다운 서울에서 서울에서 살으렵니다

이 노래는 그 시절의 정서로 봐서는 가식적인 노래일 뿐이다. 명절날 서울에서 한아름 선물을 안고 내려온 이 땅의 공순이들의 얼굴은 하얬다. 아름다운 서울에서 살았기 때문이 아니다. 졸음을 바늘로 찔러가며, 각성제 타이밍을 먹어가며 공장의 창백한 형광등 불빛 아래 시달린 전쟁과 같은 밤샘 근무 때문에 몰라보게 하얘졌던 것이다.

이는 곧 '따스한 봄바람이 불고 또 불어도, 낙엽은 떨어지고 쌓이고 또 쌓여도, 흰 눈이 온 세상에 소복소복 쌓여도, 우리네 청춘이 저물고 저물어도, 하얀 불빛 아래에서 새하얀 얼굴이 되더라도 미싱을 돌려야 한다는' 노래를 찾는 사람들의 〈사계〉 풍경 그대로이다.

공순이를 위한 노래

그런데 이같이 떠밀려 고향을 떠난 젊은이들을 위로했던 노래의 탄생 계기는 조금 다르다. 〈물레방아 도는데〉의 작사자는 여전히 현역으로 활동하고 있는 정두수 선생이다. 노래가 탄생한 1972년은 그 역시 이촌향도의 거대한 물결 속에 서울로 온 지 6년째. 하동 출생으로 부산 동래고와 서라벌 예대 문창과를 나온 그는 몇 년 전 작고한 시인 정공채 선생의 동생이다.

〈물레방아 도는데〉는 일제 강점기 학병으로 끌려간 삼촌을 그리는 조부의 마음을 그리며 붙인 노랫말이다. 동경 유학생이던 집안의 기대주 삼촌은 학병이라는 띠를 두르고 "두 손을 마주 잡고 아쉬워하며 징검다리 건너갈 땐 손을 흔들며" 떠났지만 주검으로 돌아오게 된다. 감꽃이 떨어지던 날, 하얀 천에 휘감긴 상자로 돌아온 삼촌을 보고 울음을 삼키던 조부를 회상하며 탄생한 노래다.

노래의 지리적 배경은 경남 하동군 고전면 성평리로 이곳은 마을 주민 대부분이 하동 정 씨다. 금오산 자락에 안긴 성평리는 주교천이 휘감아 흐르는 전형적인 한국의 시골이다.

성평리 뒷산 복사꽃이 만발한 금오산

노랫말에 등장하는 물레방아 터는 흔적도 없이 사라졌지만 어린 정공채, 정두채(정두수의 아명) 형제가 뒹굴었던 그 옛날의 집은 지금도 건재하다. 박태기나무에는 붉은 꽃들이 무성하고 넓은 마당에는 화려한 작약이 똬리를 움틀고 있다. 마을 입구에서 만난 정강채 할아버지는 공채, 두채 형제의 가까운 친척으로 아득한 그 시절을 고스란히 기억하고 있다.

"아름답기로 치면 하동 포구를 따라올 데가 조선 천지에는 없다"는 그는 왜정 때에는 지금의 주교천舟橋川으로 불리는 배다리까지 섬진강을 통해 배가 들어왔다고 한다. 물산이 풍부한 하동 포구에 사람들이 몰렸고 산자수명한 빼어난 풍광 덕분에 공채, 두채 형제가 이름을 날리게 됐다는 것이 강채 할아버지 나름의 분석이다. 정주영 현대그룹 회장이 하동 정 씨라 살아생전에는 사람들이 가끔 찾아왔지만 작고한 이후에는 현대그룹 사람들의 발길이 딱 끊어졌다고 서운함을 내비쳤다.

아쉽게도 노래의 주인공쯤 되는 물레방아는 없고 흔적만 남아 있다. 다만 옛날 자리에서 옮겨져 복원된 물레방아는 마을입구 조그만 기념공원에 자리 잡고 있다. 그 언덕 밑을 감아 흐르는 배다리천 징검다리는 그 시절 노랫말에 등장하는 그대로의 모습을 간직하고 있다.

때마침 고전초등학교에는 봄철 부락대항 운동회가 열

손수건을 달고 입학했던 코흘리개 아이들이
칠팔십 노인이 되어
운동회에 참석하고 있다.

리고 있다. 황토운동장에는 솜사탕 기계가 돌아가고 하늘에는 만국기가 펄럭인다. 아, 얼마 만에 보는 만국기이던가! 만국기 아래 고전면 일대 마을 대표들이 윷놀이에, 줄다리기에 열심이다. 선수라야 대개 육칠십대 노인들이 대부분이고 젊은이들은 이곳에서도 찾아보기 힘들다. 아득한 시절, 이곳 초등학교에 손수건을 가슴에 달고 입학했던 코 흘리게 그들이 이제 백발의 노인들이 되어 다시 운동회를 하고 있는 모습에 묘한 기분이다. 가슴이 울컥해져 온다.

〈물레방아 도는데〉는 지난 산업화 시대에 국민가요쯤으로 여겨졌다. 한국 현대사에서 가장 빛나는 성취가 민주화와 산업화일진대 산업화 측면에서 가장 도드라진 시대정신을 담은 노래이기 때문이다. 사실 산업화의 진정한 공은 그 시절의 공화국을 담당했던 대통령을 비롯한 정치인도, 경제정책 입안자도, 몇몇 이름난 민주화 운동가들도 아니다. 인간에게 배고픔만큼 잊히지 않는 것이 없다고 한다. 지긋지긋한 배고픔과 대물림 가난이 싫어 서울로 떠난 공순이, 공돌이란 이름 아래 사라져간 이 땅의 노동자들에게 산업화의 빛나는 공은 마땅히 헌정되어야 하지 않을까. 그 시절을 받치고 있던 가녀린 '공순이'들의 사랑도 명예도 이름도 남기지 않은 삶이 당연히 그 주인공이 됨직하다.

더 이상
돌지 않는 물레방아

> 그날 새벽에 봤던 대우빌딩을 잊지 못한다. 내가 세상에 나와 그때까지 봤던 것 중에 제일 높은 것. … 거대한 짐승으로 보이는 대우빌딩이 성큼성큼 걸어와서 나를 삼켜버릴 것만 같다. … 여명 속의 거대한 짐승 같은 대우빌딩을 두려움에 찬 눈길로 쳐다본다.

작가 신경숙의 말이다. 그녀는 열여섯 살에 처음 서울을 경험했다. 1970년대 중반 전북 정읍에서 상경한 시골 소녀가 일자리를 구하기 위해 서울역에 도착하여 맨 처음 본 것은 거대한 갈색 빌딩이다. 들판만 보고 자란 소녀에게 하늘 높이 치솟은 빌딩은 위협적으로 다가왔고 작가는 그때의 충격을 자전적 소설《외딴방》에서 이와 같이 묘사했다.

나는 일면식도 없지만 신경숙을 좋아한다. 그가 가진 그 시대의 슬픔을 이해할 수 있는 경험을 얼마간 공유하고 있기 때문이다. 그래서《풍금이 있는 자리》등 그의 초기 책들을 읽노라면 이 땅의 가녀린 어린 딸들이 지난 시절, 이촌향도의 거센 풍랑 속에 얼마나 곤고한 삶을 살아왔는가를 상상하게 되고, 그래서 그들에게 억누를 수 없는 송구함을 느끼게 된다. 그런 나의 마음은 〈물레방아 도는데〉를 들으며 가짜 풍요가 넘치고 넘치는 오늘 문득 비감해진다. 그러나 고향의 물레방아는 더 이상 돌지 않는다. 열아홉 시절은 갔다. 얄궂은 그 노래에 봄날은 간다.

오빠 생각

박태준

뜸북뜸북 뜸북새
논에서 울고

뻐꾹뻐꾹 뻐꾹새
숲에서 울제

우리 오빠 말 타고
서울 가시면

비단 구두 사가지고
오신다더니

기럭기럭 기러기
북에서 오고

귀뚤귀뚤 귀뚜라미
슬피 울건만

서울 가신 오빠는
소식도 없고

나뭇잎만 우수수
떨어집니다

나뭇잎만
우수수
떨어집니다

열두 살 최순애는 서울 가서 소식 없는 오빠를 그리워하며 지은 시 〈오빠 생각〉을 어린이 잡지에 투고했다. 이 시에 감동을 받은 이원수가 최순애에게 편지를 보냈다. 10년간의 연애편지 교환 끝에 두 사람이 처음 만나기로 한 날, 이원수는 일본 고등계 형사에게 체포되어 1년간 옥살이를 한다. 그리고 석방과 동시에 두 사람은 결혼했다.

늦가을, 쓸쓸해진 사람들의 가슴을 사로잡는 노래가 있다. 우선 "가을에는 누구라도 편지를 하겠어요 / 누구라도 그대가 되어 받아주세요"로 시작하는 노래가 우선 떠오른다. 고은의 시에 김민기가 멜로디를 붙인 〈가을편지〉다. "낙엽이 쌓이는 날

에는 외로운 여자가 아름답다"라는 노랫말에 먹먹해지지 않을 사람이 몇이나 되겠는가. 젊은 사람에게는 "세상에 아름다운 것들이 얼마나 오래 남을까"라고 부른 윤도현의 〈가을 우체국 앞에서〉란 노래도 있다. 또 누군가는 이문세의 〈가을이 오면〉을 떠올리겠다. 좀 고상하거나 고상한 척하는 사람은 이브 몽땅Yves Montand의 샹송 〈고엽〉이나 슈베르트의 〈아르페지오네 소나타〉를 떠올릴지도 모른다.

그러나 이 모든 노래를 뛰어넘는, 이른바 한국인의 가을 노래가 있다. 〈오빠 생각〉이다. "뜸북뜸북 뜸북새 논에서 울고"로 시작되는 이 노래보다 한국인의 가을을 절절하게 읊은 노래가 있을까. 딱 잘라 말해 없다고 봐야 한다. 노래는 '비단 구두', '말 타고 서울 가시고', '뜸부기' 등 토속적인 말과 더불어 우리 민족의 서러운 감성을 '오빠'라는 아늑한 이미지로 대변한다. 그래서 반세기가 넘도록 많은 사람들로부터 애창되어왔다.

순애보적인 사랑

십 대 소녀들이 대중 스타를 향해 외치는 '오빠'와는 전혀 다른 이 노래 속 '오빠'는 누구일까? 가장 한국적인 비애와 그리움의 표상이 바로 오빠가 된다. 그래서 노래는 동요로 출발했지만 조용필, 송창식, 이선희, 구준엽를 비롯해 소프라노 조수미 등 순수음악과 대중음악을 망라한 수많은 가수들이 저마다 자신만의 목소리로 불렀다. 이는 노래 〈오빠 생각〉이 곧 이 땅의 기성세대에게 〈애국가〉나 〈고향의 봄〉 못지않게 대중적인 인지도와 호소력을 지니고 있음을 의미한다.

그런데 노래 속의 오빠는 과연 무엇 때문에 서울로 갔을까. 일제에게 논밭을 빼앗긴 농촌의 젊은이가 어린 누이동생을 두고 돈을 벌러 갔을까, 공부을 하러 간 것일까. 아니면 독립 투쟁하러 만주로 떠난 것일까. 돌아올 기약 없는 오빠의 말을 믿고 기다리는 이의 가슴속에 "나뭇잎만 우수수 떨어지는" 이 노래는 도대체 어떤 연유로 이렇듯 슬프게 작곡되었을까. 그러나 노래의 풍경은 상상이 가지만 구체적으로 그려내기는 어렵다. 특히 1925년이라는 작사 연도가 나타내듯 이 노래의 연원을 찾기는 쉽지 않다.

기록으로 보면 가사는 아동문학가 최순애 선생이 만들었고, 멜로디는 박태준 선생이 붙였다. 1990년대 말 타계한 최순애 선생은 〈고향의 봄〉으로 유명한 아동문학가 고故 이원수 선생의 부인이다. 1925년 늦가을, 최순애는 열두 살의 어린 나이로 당시 방정환 선생이 펴낸 잡지 〈어린이〉에 한 편의 동시를 투고했다. 살아생전 언론과의 인터뷰에서 그는 시작 동기를 밝혔다.

> 그 당시 나에게는 오빠 한 분이 계셨다. 딸만 다섯에 아들 하나뿐인 우리 집에서 오빠는 참으로 귀한 존재였다. 오빠는 동경으로 유학 갔다가 관동대지진 직후 일어난 조선인 학살 사태를 피해 가까스로 돌아왔다. 그날 이후 일본 순사들이 늘 요시찰 인물로 보고 따라 다녔다. 오빠는 고향인 수원에서 소년 운동을 하다가 서울로 옮겨 방정환 선생 밑에서 소년운동과 독립운동에 열심이었다. 집에는 한 달에 한 번 정도밖에 오질 않았다. 오빠가 집에 올 때면 늘 선물을 사왔는데 한번은 '다음에 올 땐 우리 순애 고운 댕기 사줄게'라고 말하고 서울로 떠났다. 그러나 서울 간 오빠는 소식조차 없었다. 그런 오빠를 과수원 밭둑에서 서울 하늘을 보며 울다가 돌아왔다. 그래서 쓴 노래가 바로 오빠 생각이었다.

그녀는 당시의 상황을 이같이 증언했지만 그 오빠 최영주가 해방 직전 젊은 나이에 세상을 떠나는 바람에 이제는 얼굴조

만년의 최순애와 이원수 부부

최순애는 오빠 생각을
이원수는 고향의 봄이란
국민노래를 각각 탄생시켰다。

차 생각나지 않는다고 했다. 재미있는 것은 최순애와 아동문학가 이원수 사이의 로맨스다.

시는 이듬해 가을 어린이 잡지에 게재되고 이를 읽고 이원수가 크게 감동을 받았다. 그는 요즈음 말로 '필이 꽂혀' 열세 살의 소녀에게 편지를 띄우기 시작한다. 당시 수원에 살던 최순애와 멀고 먼 지리산 골짜기 경남 함안에 살던 이원수의 편지 교환은 차츰 열기를 띠게 되고, 드디어 결혼을 기약하기에 이르렀다. 그러나 10여 년간 연애편지 교환 끝에 1935년 첫 대면이 약속된 날, 이원수는 문학 서클의 독서회 사건으로 일본 고등계 형사에게 체포 당해 1년간 옥살이를 하게 된다.

최순애 여사는 이 대목에서 서울에 간 오빠를 기다리며 부르던 노래 〈오빠 생각〉이 옥에 갇힌 사랑하는 님을 기다리는 노래로 변해 남몰래 부르며 울었다고 회고한다. 요즈음 말로 고무신을 바꿔 신지 않고 오매불망 일편단심 기다린 것이다. 시 발표 이후 10여 년 동안 '오빠 생각'이 '님 생각'으로 바뀌었음은 물론이다. 과수원집 딸이었던 그녀는 과수원 언덕에 자신이 좋아하는 코스모스를 가득 심어 놓고 이원수의 출옥을 기다렸다. 그리고 이원수의 석방과 동시에 결혼했다. 지금 세대에게는 믿기지 않는 순애 러브스토리다.

겨레의 마음으로 이어지다

노래를 만든 이는 박태준이다. 박태준은 "봄의 교향악이 울려 퍼지는 청라언덕 위에"로 시작되는 이은상의 시에 곡조를 붙인 〈동무생각〉의 작곡가이자 우리나라 근대 음악의 개척자다. 〈오빠 생각〉은 시로 발표된 바로 그해에 평양 숭실전문을 졸업하고 모교인 대구 계성중학교에서 문예교사로 있던 박태준에 의해 노래로 만들어졌다. 그는 〈오빠 생각〉을 작곡한 후 정식으로 음악 공부를 하기로 결심하고 미국으로 건너가 웨스트민스터콰이어대학을 졸업한 뒤 26년간 연세대에 재직해왔다.

박태준이 다녔던 대구 계성학교 본관

그 어렵던 시절, 선교사의 도움으로 미국 유학까지 다녀온 박태준은 2년 후배인 현제명과 더불어 근대 음악계의 선구자쯤으로 인정받는다. 재미있는 것은 현제명은 박태준과 같은 대구 출신에 계성학교, 평양 숭실전문에 이어 연세대 교수까지 함께한 기이한 이력을 지니고 있다.

박태준의 음악활동은 동요에서 비롯된다. 1920년 우리나라 최초의 창작 동요 〈가을밤〉에 이어 수많은 동요를 만들었다. 그러나 그가 작곡한 가곡들 중에서 가장 많이 불리는 〈오빠 생각〉을 비롯해 〈동무생각〉, 〈오뚜기〉 등은 작곡의 기본도 제대로 몰랐던 이십 대 초반에 지은 것이다.

노래 〈오빠 생각〉은 유장한 곡조에다 비장미까지 갖추어 삽시간에 전국으로 퍼져나갔다. 오빠는 남편을 기다리는 아내, 자식을 기다리는 부모, 조국의 광복을 기다리는 겨레의 마음으로 제각각 해석되었다. 가사의 서정성과 토속성, 그리고 한국인의 한의 정서와 맞물리면서 사랑받아온 동시는 노래로 불리면서 그야말로 국민가요로 자리 잡게 된 것이다.

그러나 동요를 국민가요쯤으로 불리게 한 두 사람, 박태준과 최순애는 살아생전 한 번도 만난 적이 없다고 한다. 이에 대해 박태준의 부인 김봉렬이 증언한 기록이 남아 있다.

"하루는 그 양반이 어린이 잡지를 한 권 들고 와 '뜸북

뜸북 뜸북새' 하며 읽더니 곡을 붙이기 시작했어요. 시가 너무 좋아 어쩔 줄 모르더니 결국 그날 밤 노래로 만들더군요. 서로 얼굴도 모르는 사이었지요."

최순애 역시 박태준 선생을 한 번도 만난 적이 없다며, 모 방송국을 통해 기별이 있었지만 어떤 급한 사정으로 만남이 이루어지지 않아 아쉬워했다고 한다.

대구 사람들의 사랑

노래 〈오빠 생각〉의 흔적은 찾기가 쉽지 않다. 최순애의 고향 수원 북수동 생가터 격인 과수원은 수원성 복원사업으로 인해 아무런 자취도 없이 사라진 지 오래다. 최순애는 세상을 떠나기 전까지 오랫동안 고향 수원을 떠나 서울 관악구 남현동에 살았다. 그래서 말년에 살았던 남현동 예술인 마을의 이웃들이 최순애의 행적을 간간이 증언해주고 있다. 그는 한동네 살았던 미당 서정주와 내왕이 잦았다고 한다. 서정주가 장난스레 붙인 닉네임이 '뜸부기 할머니'다. 이런 연유로 오랫동안 최순애는 '뜸부기 할머니'로 불리다가 1998년 조용히 타계했다.

그래서 그런지 노래 〈오빠 생각〉의 흔적은 작곡가의 고향인 대구에 주로 나타난다. 대구시가 공을 들여 만든 대구 근대 문화골목에 들어서면 박태준의 흔적이 곳곳에 등장한다. 〈빼앗긴 들에도 봄은 오는가〉의 이상화 시비詩碑도 있고 TV 드라마로 안방극장 전파를 타며 널리 알려진 소설가 김원일의 《마당 깊은 집》도 등장한다. 그중에서 단연 눈길을 끄는 것은 박태준에 관한 기록과 흔적들이다. 거기에는 꼭 〈오빠 생각〉이 중요하게 등장한다. 대구 근대 문화골목을 걷노라면 대구 사람들은 〈오빠 생각〉을 자기 고장의 노래쯤으로 여기고 있는 듯한 느낌이 든다. 그래서 해마다 '오빠 생각 노래 콘테스트'가 열리고, 대구 시내 곳곳에는 '오빠 생각 노래비'가 있다.

박태준의 노래비 앞에서 탐방객들이
〈오빠 생각〉을 합창하고 있다.

〈오빠 생각〉은 비록 인구에 회자되는 클래식 포크 같은 노래이지만 오늘날 생각하면 가사 내용이 시대감각에 전혀 맞지 않는 구닥다리 노래다. 그러나 노래는 일제 강점기의 어린 소녀의 의식이 얼마나 애처로운 것이었는지를 짐작케 한다. 8분의 6박자 노랫가락에 나타난 애상조의 멜로디는 결코 잊히지 않으면서 오늘날에도 만인의 노래로 애창되고 있다. 뜸북뜸북 뜸북새가 논에서 울고 뻐꾹뻐꾹 뻐꾹새 숲에서 우는 깊은 가을, 누구는 노래 〈오빠 생각〉을 가만히 부르며 눈시울을 적실지도 모르겠다.

시간은 어김없이 흐른다. 마음은 아직 '연분홍 치마가 휘날리는 봄날'에 서성거리고 있는데 시간은 어김없이 사람들을 한 해의 끝자락으로 야멸차게 세워두고 있다. 떠나보내지 못할 미련과 안타까움이 남아 있지만 우리는 언제나 '나뭇잎이 우수수수 떨어지는' 이 가을을 뒤로하고 떠나는 한 해를 보낼 채비를 서둘러야 한다. 삶이란 두루마리 화장지처럼 얼마 남지 않게 되면 점점 빨리 돌아가게 된다. 박태준도 최순애도 그 시절의 오빠들도 가고 없다.

향수

정지용

넓은 벌 동쪽 끝으로
옛이야기 지줄대는 실개천이 휘돌아 나가고
얼룩배기 황소가
해설피 금빛 게으른 울음을 우는 곳
그곳이 차마 꿈엔들 잊힐 리야

질화로에 재가 식어지면
비인 밭에 밤바람 소리 말을 달리고,
엷은 졸음에 겨운 늙으신 아버지가
짚베개를 돋아 고이시는 곳
그곳이 차마 꿈엔들 잊힐 리야

흙에서 자란 내 마음
파란 하늘빛이 그리워
함부로 쏜 화살을 찾으려
풀섶 이슬에 함초롬 휘적시던 곳,
그곳이 차마 꿈엔들 잊힐 리야

전설 바다에 춤추는 밤물결 같은
검은 귀밑머리 날리는 어린 누이와
아무렇지도 않고 예쁠 것도 없는
사철 발 벗은 아내가 따가운 햇살을
등에 지고 이삭 줍던 곳,
그곳이 차마 꿈엔들 잊힐 리야

하늘에는 성근 별
알 수도 없는 모래성으로 발을 옮기고,
서리 까마귀 우지짖고 지나가는
초라한 지붕 흐릿한 불빛에
돌아앉아 도란도란거리는 곳
그곳이 차마 꿈엔들 잊힐 리야

참하
꿈엔들
잊힐 리야!

'차마 꿈엔들 잊히지 않는' 고향의 노래 정지용의 시에 대중가요 작곡가 김희갑이 곡을 붙였다. 가수 이동원이 곡을 만들어달라고 졸랐으며 성악가 박인수는 이 노래를 불렀다고 국립오페라단에서 제명당했다. 김희갑이 "노래로 만들기엔 적당치 않다"고 했던 시는 노래로 만들어진 뒤 입에서 입으로 전해지며 많은 사람들에게 사랑받고 있다.

고향에 고향에 돌아와도 그리던 고향은 아니러뇨
산꽁이 알을 품고 뻐꾸기 제철에 울건만

온 나라가 올림픽 열기에 사로잡혔던 1988년 3월 15일, 지금은 없어진 서울 서대문 충정로 예음홀에 바리톤 김관동의 중후한 목소리가 여운 속에 서서히 잦아지자 모여든 200여 명의 청중들이 우뢰와 같은 박수로 감격의 뜻을 나타냈다. 더러는 눈시울을 적시기도 했다.

6·25 전쟁이 끝난 뒤 슬그머니 자취를 감춘 이 노래는 꼭 38년 만인 이날, 역사의 저편에서 다시 찾아와 우리에게 '고향'의 목소리를 전하고 있는 것이다. 이 음악회의 공식 명칭은 '다시 찾은 우리의 노래', 부제는 '정지용의 시에 부친 채동선의 가곡 되살리는 음악회'였다. 38년 만에 정지용 문학의 해금과 더불어 작곡가 채동선이 곡을 붙인 가곡 〈고향〉이 복권된 것이다. 들을수록 고향에 대한 아련한 그리움에 흠뻑 젖어들게 하는 무척이나 서정적이고 또 강물이 구비를 도는 듯한 유장한 곡조의 노래다. 그러나 이날 부른 〈고향〉은 젊은 세대에겐 무척 낯설은 노래다. 이 노랫말이 된 시詩 〈고향〉을 지은 정지용이 전쟁 중 월북 또는 납북됐다는 이유로 노래마저도 오랫동안 금지곡으로 묶여 있었기 때문이다.

오늘날 기성세대들은 〈그리워〉나 〈망향〉이라고 하면 고개를 끄덕이게 되는데, 정지용의 시로 인해 노래 자체가 금지된 후 이은상과 박화목이 곡조의 유려한 아름다움에 감동하여 각각의 제목들로 노랫말을 새로 지었기 때문이다.

그리워 그리워 찾아와도

그리운 옛 임은 아니 뵈네

들국화는 애처럽고

갈 꽃만 바람에 날리고

〈그리워〉 중에서

꽃피는 봄 사월 돌아오면

이 마음은 푸른 산 저 너머

〈망향〉 중에서

그러나 이날을 기점으로 이 노래는 정지용의 시 〈고향〉으로 제자리를 찾게 된다.

1989년, 저명한 성악가인 서울대 교수 박인수는 엄청나게 어려운 상황에 휩싸인다. 정지용의 시에 작곡가 김희갑이 곡을 붙인 〈향수〉가 그 단초가 된다. 박인수는 가수 이동원과 〈향수〉를 녹음했다. 요즈음 말로 크로스오버 음악인 셈이다. 당시로서는 성악가가 대중가요를 부른다는 것은 상당히 센세이션널한 일이었다. 노래 〈향수〉가 국민가요처럼 큰 반향을 일으키자 국립 오페라단은 그를 제명한다. 클래식 음악을 모독했다는 게 그 이유다. 지금의 상식으로는 이해가 가지 않는 대목이지만 그땐 그랬다.

"클래식 음악이 대중음악보다 우월하다고 생각해본 적이 없다. 어떤 선입견이나 장르의 구분 없이, 좋은 것은 좋은 것이고 나쁜 것은 나쁜 것이다."

이렇게 말하며 그는 순순히 제명을 받아 들였다. 국립 오페라단에서 쫓겨나는 자리에서 박인수는 다른 대중가요면 몰라도 그것이 지용의 〈향수〉라면 어떤 반대급부도 오히려 영광이라고 선언, 한동안 순수 음악계가 '타도 박인수'를 외치며 법석을 떨기도 했다.

실개천, 질화로 얼룩배기 황소…

그날 이후 이동원과 박인수가 함께 부른 〈향수〉는 많은 사람들에게 사랑을 받았다. 성악가의 첫 대중가요 녹음이란 점에서도 자연스레 세간의 화제를 더했다. 세월이 흘렀다. 요즘 사람들은 〈향수〉란 노래를 잘 알지 못한다. 그러나 노래 후렴구에 등장하는 "차마 꿈엔들 잊힐 리야"를 들으면 대부분 고개를 끄덕이게 된다. 이 노랫말이 주는 고향을 향한 무한한 그리움에 사람들은 잠시 고개를 숙이게 되는 것이다. 도회인에게 고향은 오직 기억으로만 존재할 뿐 이 세상의 지도로는 이제 돌아갈 수 없기에 노래 〈향수〉를 통해 떠나온 고향을 추억하게 된다.

잘나가던 오페라 가수를 한 방에 날려버린 노래 〈향수〉의 시작은 신촌이다. 올림픽 열기가 한창이던 1988년, 가수 이동원은 신촌에 있는 한 서점에 들렀다. 지금은 흔적조차 없어진 사회과학 전문 서점 '오늘의 책'이다. 당시 이 서점은 이념서적 판매로 대학가에 널리 알려졌다.

노랫말을 찾기 위해 시집을 살피던 이동원은 서점 구석에 감춰진 《정지용 시집》을 찾아내 읽다가 그 길로 여의도에 사는 작곡가 김희갑의 집으로 달려갔다. 김희갑은 지금도 그렇지만 당시에도 잘나가는 인기 작곡가였다. 차를 타고 가는 동안 내내 시 〈향수〉에 빠져 있던 이동원은 김희갑에게 곡을 붙여달라고 매달렸다.

그러나 김희갑은 일언지하 거절한다. 시의 운율이 곡을 붙이기가 쉽지 않고 또 억지로 곡을 붙일 경우 오히려 시의 의미를 다치게 하기 쉽다는 것이 거절 이유였다. 그러나 이동원은 막무가내로 고집했고 결국 김희갑은 일 년 동안 고심한 끝에 이듬해인 1989년 초 곡을 완성했다. 이 곡은 이동원과 성악가 박인수가 함께 부르면서 세상에 공개되었다. 〈향수〉의 탄생 설화다.

"넓은 벌 동쪽 끝으로 / 옛이야기 지줄대는 실개천이 휘돌아 나가고 / 얼룩배기 황소가 / 해설피 금빛 게으른 울음을 우는 곳 / 그곳이 차마 꿈엔들 잊힐 리야"로 시작되는 정지용의 〈향수〉는 한국인이 가장 사랑하고 또 애송하는 시 중 하나다. 후세의 시인들은 그의 시가 보여주는 감성은 새벽하늘의 샛별보다도 찬란하여 우러러 보기조차 눈부시다고들 말한다. 그래서 1930년대 이래 문학의 기쁨을 알고 지내는 한국의 지성 중에서 지용을 스승으로 여기지 않은 이가 없다고들 한다. 영문학자 이양하는 T.S. 엘리엇Thomas Stearns Eliot을 비롯한 영어권의 어떤 시인보다도 지용의 시가 뛰어나다고 고백했다. 그는 척박했던 1920년대 동경 유학시절에도 대부분의 조선인 유학생들은 식민지 청년의 비애를 그린 지용의 시 〈카페 프란스〉를 즐겨 읽었으며 그를 자랑스러워 했다고 회고하고 있다.

알려진 대로 지용은 모더니즘풍의 시를 써서 문단의 주목을 받은 시인이다. 1930년대 초 〈시문학〉의 동인으로 참여하여 김영랑과 함께 순수 서정시의 개척에 힘썼다. 선명한 시각적 이미지의 구축과 간결하고 정확한 언어 구사 등으로 한국 현대시의 초석을 놓은 시인으로 평가된다.

고향으로부터 자유로운 이는 없다

지용은 1930년대 말부터 〈문장〉 지의 심사위원으로 활동하면서 박두진, 박목월, 조지훈 등 청록파를 발굴한 것으로도 유명하다. 그러나 해방 이후에는 조선 문학가 동맹에 가입하여 활동했고 6·25를 전후로 행방불명되어 생사를 모른다. 한때 월북 시인으로 분류되어 문학사에서 다루어지지 않았으나 1988년 올림픽 열기 속에 해금되었다.

이런 연유로 인해 박인수, 이동원의 노래로 비로소 대중들에게 알려진 지용의 대표시 〈향수〉 또한 월북 시비에 말려 오랫동안 한국문학으로부터 추방당했다. 그러나 그의 순수 모국어로 된 〈향수〉가 던지는 의미가 지대하여 많은 사람들은 당국의 눈을 피해 향수를 읽고 배웠다. 금지된 1950년대 이후에도 한국인의 끔찍한 사랑을 받아왔던 것이다. 실개천, 질화로, 얼룩배기 황소, 짚베개, 어린 누이, 늙으신 아버지 등이 적절하게 배열된 〈향수〉는 농경사회를 모태로 한 한국인에게 유년의 한 시대를 돌아보게 하는 특별난 시다.

그러나 노래로서 〈향수〉는 우선 어렵다. 그래서 베테랑 작곡가 김희갑조차 〈향수〉 만큼은 고개부터 절레절레 흔들었다고 하지 않았던가. 〈킬리만자로의 표범〉, 〈그 겨울의 찻집〉, 〈그 사람 이름은 잊었지만〉, 〈바닷가의 추억〉, 〈달맞이꽃〉, 〈봄비〉 등 주로 서정성이 짙은 노래를 작곡해왔지만 지용의 시가 지니는 모더니티가 노래로서는 적당하지 않았다는 것이 작곡자의 설명이다. 그럼에도 불구하고 이 노래는 발표되자마자 입에서 입으로 전해지면서 예상을 깨고 대중적인 인기를 더했다.

무엇이 이 노래를 유명하게 만들었을까? 당나라 시인 이백이 '거두망산월擧頭望山月 저두사고향低頭思故響'(고개를 들어 달을 보고 머리 숙여 고향 생각에 잠긴다)이라고 언급한 것처럼 누군가는 말했다. 고향으로부터 자유로운 사람은 아무도 없다고. 흔히 고향은 어머니의 자궁과 같다고 한다. 거친 세파와 싸우다가 상처 입은 우리들의 영혼을 부드러운 손길로 어루만지고 씻어주며 싸매준다는 것이다.

시 〈향수〉는 지용이 18세이던 1922년 휘문고보 시절 당시 교지였던 〈요람〉에 처음 실렸고, 1927년 일반에게 발표되었다. 원래는 일제시대 보성 벌교 출신의 유명 작곡가 채동선이 이미 이 노랫말로 작곡을 했고 이어 작곡가 변훈, 강준일 등이 다투어 곡을 붙였으나 노래 부르기의 어려움 때문에 가곡 〈향수〉는 오늘날 대중들에게는 거의 알려지지 않고 대중가요 〈향수〉가 그 자리를 차지하고 있다.

지용에 의한 지용을 위한

"옛이야기 지줄대는 실개천"은 지용의 고향인 충북 옥천군 옥천면 하계리 40번지, 청석교 밑을 흐르는 조그만 하천이다. 지용 생가에 자리 잡은 정지용 문학관의 문화 해설사는 이 대목

얼룩배기 황소가 해설피
금빛 게으른 울음을 우는 곳
그곳이 참하 꿈엔들 잊힐 리야

에서 〈향수〉의 무대는 반드시 이 작은 하천을 의미하기보다는 곧 유년 시절의 한 심상일 것 같다고 설명한다. 서울에서 두어 시간 반 만에 만난 실개천은 여느 시골에서 볼 수 있는, 잡초와 오수로 범벅이 된 불결한 하천일 뿐이어서 더욱 그러한 느낌을 준다.

고속도로에 나오면 만나는 옥천 구읍 도로 입간판은 정지용 생가와 육영수 생가를 나란히 병기해 놓았다. 정지용 생가는 옥천에서도 남루한 구읍에 있다. 초가집 모양새를 갖춘 생가를 찾노라면 방 한 켠을 장식하고 있는 시 한 구절이 탐방객들을 반긴다.

얼굴 하나야
손바닥 둘로
폭 가리지만
보고 싶은 마음
호수 만하니
눈감을 밖에

짧은 시 〈호수〉다. 구읍으로 불리는 생가 동네는 온통 정지용 시 구절로 도배되어 있다. 대형 슈퍼마켓의 상호는 '시가 있는 상회'이고, 정육점 간판에는 '얼룩배기 황소가 해설피 금빛 게으른 울음을 우는 곳'이라고 써져 있다. 유명 올갱이국 식당의 간판에는 '하늘에는 성근 별, 알 수도 없는 모래성으로'가 새겨져 있다.

옥천은 한마디로 '지용에 의한 지용을 위한 지용의 고장'쯤 된다. 생가에는 평일인데도 적잖은 탐방객들이 오가고 있다. 문화 해설사에 귀를 쫑긋하며 듣기에 열심이다. 문사철文史哲이 무너져가는 시대에도 문학의 힘은 여전히 센가 보다.

옥천은 박정희 대통령의 부인 육영수 여사의 고장이기도 하다. 지용 생가에서 불과 700미터 거리에는 육영수 생가가 있는데 깃발 부대 사람들로 인산인해다. 전국 각지에서 몰려온 할아버지, 할머니들이 박정희와 육영수 초상화 앞에서 연신 고개를 숙이거나 두 손을 모아 절을 하고 있다. 거대한 저택 한켠에는 가난했던 시대들을 찍은 흑백사진들이 전시되어 있다. 사진 속 그들이 바로 지금 보고 있는 바로 그 사람들이다. 인간에게 배고픔만큼 잊히지 않는 것이 없다고 한다. 지긋지긋한 배고픔과 대물림 가난이 싫어 손발이 닳도록 일해온 저들이야말로 지금의 풍요를 가져온 원동력이 아닐까. 육영수 생가에 가득한 노인들을 보며 문득 느낀 단상이다.

이제 〈향수〉의 고향엔 지용도 '향수'도 없다. 그의 생가

정지용 문학관의 동상과 정지용의 생가 방 안

터에 건립된 지용의 흉상과 시비가 그의 옛 고향을 무심하게 증언해줄 뿐. 옛이야기 속삭이던 실개천은 이제 잡초만 무성하고 그 황량한 시멘트 다리 밑에선 오리 몇 마리가 시궁창에 주둥이를 쳐박고 꽥꽥거리고 있다. 이 땅에서 도회인들에게 고향은 이제 현재 완료형이 되어가고 있다. 진정으로 사랑했던 고향은 이제 '차마 꿈엔들 잊히지 않는 향수'로만 존재할 뿐 그 누구도 그리운 그 시절로 돌아갈 수는 없다.

지금의 기성세대야말로 진정한 의미의 고향을 지닌 마지막 세대이지만 지금의 세대가 늙어 죽기 전에 고향은 벌써 아득히 사라져가고 있다. 그래서 이 땅의 중년들은 어디서든 노래 〈향수〉를 들으면 시간을 거꾸로 돌려 그 옛날의 고향으로 가고 싶어 코끝이 찡해진다. 그때로 돌아가면 정말 행복할 수 있을까.

#02

2장.

청춘의 그늘, 음악이 되다

人生一曲

서른 즈음에

김광석

또 하루 멀어져 간다
내뿜은 담배 연기처럼
작기만 한 내 기억 속에
무얼 채워 살고 있는지

점점 더 멀어져 간다
머물고 있는 청춘인 줄 알았는데
비어가는 내 가슴속엔
더 아무것도 찾을 수 없네

계절은 다시 돌아오지만
떠나간 내 사랑은 어디에
내가 떠나 보낸 것도 아닌데
내가 떠나 온 것도 아닌데

조금씩 잊혀져 간다

머물러 있는 사랑인 줄 알았는데

또 하루 멀어져 간다

매일 이별하며 살고 있구나

매일 이별하며 살고 있구나

머물러 있는 청춘은 없다

서른을 많이 넘지 않은 이는 〈서른 즈음에〉의 의미를 알아채지 못한다. 하지만 '서른 즈음'의 사랑에 내동댕이쳐진 사람들은 안다. 이 노래가 주는 슬프고도 시린 마음을. 김광석의 노래는 지치고 피곤하고, 그래서 슬프고 외로울 때 들어야 한다. 노래를 듣고 눈시울을 적셔봐야 그의 진가를 알게 된다.

민주화란 말이 낯설었던 1990년대 초, 나는 신촌의 한 여자대학 강당에서 결혼식을 올렸다. 최루탄 냄새가 여전히 매캐하고, 그로 인해 강요된 눈물이 멈추지 않던 시절이었다.

그날 결혼식의 가장 큰 이변은 축가였다. 초대된 소프

라노는 당시 지식인들 사이에서 인기를 끌던 '노래를 찾는 사람들'(노찾사)의 노래 〈솔아 솔아 푸르른 솔아〉를 불렀다. 칼날 같은 목소리로 부른 노래가 "창살 앞에 네가 묶일 때 살아서 만나리라"로 끝나는 순간, 하객들은 숙연해졌다. 축가를 부른 소프라노는 아마도 '푸르른 솔'처럼 꿋꿋하게 결혼생활을 잘 하라는 의미로 그 노래를 불렀을 것이다. 그러나 시대적인 상황과 맞물리면서 결혼식 분위기는 엉뚱한 방향으로 흘러가버렸다.

나는 그 노래가 노래패 노찾사의 집단 창작곡이란 정도만 알고 있을 뿐 누가 만들고 불렀는지는 알지 못했다. 이후 시간이 흐르고 민주화가 이루어지면서 노찾사의 노래들은 내 기억 속에서, 사람들의 기억 속에서 서서히 잊혀갔다.

절절이 녹아드는 휴머니즘

그렇게 살아가던 어느 날, 나는 왁자한 술자리에서 우연히 노찾사의 노래들을 다시 듣게 됐다. 그리고 〈서른 즈음에〉를 듣는 순간 불현듯 가슴이 먹먹해짐을 느꼈다. 궁금했다. 이처럼

김광석

기막힌 노랫말의 곡을 이다지도 유장하고 간절하게 부른 가수가 누군지를. 그는 바로 노찾사의 김광석이었다.

그날 이후 나는 김광석이라는 요절 가수의 매력에 빠져들었다. 지금의 어머니 세대에게 매력적인 저음을 자랑하던 배호가 있었듯, 7080 또는 386세대에게 전남 광주 출신의 포크가수 김정호가 혜성같이 나타났다 사라진 것과 같은 이치였다.

하지만 김광석의 등장과 사라짐은 배호나 김정호의 그것과는 분명 차별된다. 인터넷의 발달로 그의 죽음은 팬들에게 동시대적인 리얼리티를 주며 엄청난 슬픔과 상실감을 안긴다. 그런 김광석이 이제 서서히 부활하고 있다. 사이버 공간에서는 유튜브와 수많은 블로그로, 그리고 현실 공간에서는 대구 시내 '김광석거리'와 서울 대학로의 '김광석 부조물'에서 그는 살아 숨 쉰다.

김광석은 자타가 공인하는 훌륭한 가객이지만 그런 그도 딱 한 가지 단점이 있다고 팬들은 말한다. 훌륭하지 않은 곡이 하나도 없다는 게 단점이라는 것이다. 그의 노래는 서정적이고 소박하고 인간미가 넘친다. 하지만 그는 가성이나 기교를 쓰지 않는다. 그래서 그의 노래에는 시대정신에 뿌리를 둔 휴머니즘이 절절이 녹아든다.

우울증에 시달렸다고 알려진 그는 1964년 1월 대구

신천변에 위치한 방천시장의 골목에서 태어나 시장통에서 유년시절을 보냈다. 그 뒤 서울로 올라와 대광고등학교를 거쳐 명지대학교에 입학하며 노찾사 창단 멤버, '동물원'의 멤버로, 그리고 김민기와 음반 작업을 하면서 가객의 길에 들어섰다.

가수보다는 가객이란 말이 그에게는 더 어울린다. 164센티미터의 작은 키, 50킬로그램을 넘지 않는 소박한 몸집에 건강 또한 좋지 않았던 탓에 그는 '반토막'이나 '파김치' 같은 별명으로 불렸다. 나는 파김치란 별명에서 문득 불길한 예감을 느낀다. 파김치를 담가본 사람이나 먹어본 사람은 안다. 빨간 양념에 버무려진 때깔 나는 파김치가 얼마나 빨리 싱싱함을 잃고 제풀에 지쳐 한순간 잦아드는지를. 가수 김광석은 강하지 않은 자아로 노래를 위해 살다가 상황이 주는 무게를 견디지 못하고 스스로 생을 마감한 건 아닐까 하는 생각도 해본다. 파김치가 그런 것처럼.

파김치가 되어 들어보라

그런 생각을 하며 나는 대구 방천시장에 있는 '김광석거리'를 찾았다. 방천시장은 대구 중심가를 흐르는 신천의 방죽 옆에 있다고 해서 붙은 이름이다. 시장 입구에 내리면 허름한 골목 안에서부터 그의 노래가 흘러나온다. 보수적이고 대단히 배타적인 대구 사람들이 그래도 적지 않은 공을 들여 조성한 거리다. 흐린 늦가을, 수많은 청춘이 그 어둡고 흐린 기다란 골목길을 재잘거리며 오간다.

거리 낙서판의 낙서가 질문하고 답한다. 누군가 '김현식이나 유재하처럼 폭발적인 가창력이나 짙은 호소력이 있는

것도 아닌데, 도대체 김광석의 매력은 무엇이냐'고 쓰니 다른 낙서판 평자가 이렇게 답한다. '기분 좋을 때 들으면 그의 노래는 알 수 없다. 그러나 지치고 피곤하고 그래서 슬프고 외로울 때, 몸과 마음이 모두 파김치가 되어 김광석의 노래를 들어보면 안다. 그의 노래를 듣고 눈시울을 적셔보면 김광석의 진가를 알게 된다'고.

한때는 대구 제일의 싸전(쌀전)이 있었다는 이 시장통은 쇠락에 쇠락을 거듭해 이제는 화려했던 과거의 흔적을 찾

아보기 어렵다. 그나마 길쭉하게 나 있는 '김광석거리'가 시장통을 힘겹게 받치고 있다. 여기저기 김광석을 엮어놓은 간판들이 시장 곳곳에 즐비하다. 포장마차에서 만난 신범식 방천시장 상인회장의 자랑은 대단하다. "여름 휴가철이면 시장통이 꽉 막히도록 방문객이 철철 넘친다"라고 너스레를 떠는 그는, 정작 김광석의 노래가 왜 좋은지는 알지 못한다고 말했다. 자신이 칠순에 가까운 나이여서 그렇다며 미안스레 고백한다.

낮이 노루 꼬리만큼 짧다는 초겨울, 흐린 해가 나가떨어지고 저녁이 되자 시장통 여기저기에 가설무대가 들어선다. 조악한 네온사인 불을 머리에 이고 김광석을 좋아하는 청춘들이 부르는 노래는 겨울 밤하늘로 올라가 별이 된다. 거리 선술집의 메뉴도 노래 제목들이다. 보리비빔밥 '이등병의 편지'는 3000원, 순대 '어느 60대 노부부의 이야기' 한 접시는 5,000원이다.

김광석의 노래를 좋아하는 사람들은 그의 노래를 음식 삼아 자신의 몸 안에 꾸역꾸역 쑤셔 넣고 취해서 돌아간다. 왁자지껄한 거리, 그러나 잠시 정적이 찾아온 '김광석거리'에 〈서른 즈음에〉가 고요히 울려 퍼진다.

서른을 많이 넘지 않은 사람들은 노랫말이 주는 의미를 알아채지 못한다. 그러나 서른 즈음 사랑에 내동댕이쳐져 뜨거운 순대국밥을 허겁지겁 먹어본 사람은 안다. 그리고 서른을 훌쩍 넘긴 사람들은 〈서른 즈음에〉가 주는 그 슬프고도 시린 마음에 잠을 뒤척인다. 노래를 듣기 전에는 치기 어린 사랑 투정이라 지레짐작했을 그 노래가 얼마나 가슴을 치는지 비로소 알게 되는 것이다.

떠나간 사랑은 어디에도 없다

'인생이란 강물 위를 뜻 없이 부초처럼 떠다니다가 / 어느 고요한 호숫가에 닿으면 물과 함께 썩어간다'라고 그는 살아생전 예감했다. 하지만 〈일어나〉란 제목의 이 데카당스한 노래를 불러본 사람들은 대개 같은 경험을 공유하고 있다. 노래 끝 대목에 가서는 갑자기 합창으로 전환된다는 것을. 폭탄주에 취해 횡설수설하거나, 술에 못 이겨 쭈그린 채 졸던 사람들도 홀연 폭발하듯 터져 나온다.

> 일어나, 일어나, 다시 한번 해보는 거야
> 일어나, 일어나, 봄의 새싹들처럼

노래는 말미에 절망에서 희망으로 극적인 전환을 이루지만, 그는 돌아오지 못할 길을 서른을 갓 넘겨 서둘러 떠났다. 그런 그가 그토록 힘들어했던 '서른 즈음에' 우리는 무엇을 했을까. 계절은 다시 돌아오지만 떠나간 사랑은 어디에도 없다. 허나 서른 즈음이 그립고 사무치는 것은, 지금의 시절이 그만큼 더 처참하고 황폐하기 때문이고, 청춘이 화려했다는 것은 그 좋은 시절이 가고 없다는 의미와 같다.

잠시 정적이 찾아온 김광석거리에
〈서른 즈음에〉가 고요히 울려 퍼진다.

마음은 빛나는 시절에 머물고 싶은데 시간은 어김없이 흘러 간다. 살아 한 시절, 김광석은 불교방송에서 〈밤의 창가에서〉란 음악 프로그램을 진행했다. 그는 꼭 "행복하세요"라는 말로 마무리 인사를 했다. 그러나 그의 노래를 듣는 동안 우리는 행복하지 않다. 그의 노래는 아프고 쓸쓸하고 서늘하다. 그의 노래에선 고단한 삶의 냄새가 난다. 나이 들어 쓴 소주 한 잔 입에 털어 넣고 들어본 사람은 안다. 늦가을, 그의 노래가 얼마나 가슴을 진저리치게 하는지를 비린내 나는 방천시장골목 김광석거리에서 악사가 저 혼자 노래 부르고 있다.

그는 떠났고 살아남은 우리는 매일 이별하며 살고 있다. '서른 즈음에' 잔치는 끝났다. 미당의 시처럼 '결국은 조금씩 취해서 우리 모두 다 돌아가는 사람들'이다. 김광석, 오늘 문득 그가 그립다.

고래사냥

송창식

술 마시고 노래하고 춤을 춰봐도
가슴에는 하나 가득 슬픔뿐이네
무엇을 할 것인가 둘러보아도
보이는 건 모두가 돌아 앉았네
자 떠나자 동해 바다로
삼등삼등 완행열차 기차를 타고

간밤에 꾸었던 꿈의 세계는
아침에 일어나면 잊혀 지지만
그래도 생각나는 내 꿈 하나는
조그만 예쁜 고래 한 마리
자 떠나자 동해 바다로
신화처럼 숨을 쉬는 고래 잡으러

우리의 사랑이 깨진다 해도
모든 것을 한꺼번에 잃는다 해도
우리들 가슴속에 뚜렷이 있다
한 마리 예쁜 고래 하나가
자 떠나자 동해 바다로
신화처럼 숨을 쉬는 고래 잡으러
자 떠나자 동해 바다로
신화처럼 숨을 쉬는 고래 잡으러

신화처럼 숨을 쉬는 고래는 그대 가슴에

청바지 뒷주머니에 〈타임〉 지를 꽂고 다니던 그 시절, 청춘들을 들뜨게 한 국민가요 〈고래사냥〉. 세월은 유수같이 흘렀지만 〈고래사냥〉은 과거에만 있지 않다. 술집 뒷골목에서 술 취한 386세대들이 부르던 이 노래가 스멀스멀 살아난다. 단순한 복고 바람만이 아닐 것이다. 중년의 그들이 악을 쓰고 눈물 흘리며 이 노래를 부르는 이유가.

"안인숙 예쁜 젖꼭지 본 사람, 손 들어봐."

까까머리 십 대 시절, 국어 선생님이 느닷없이 던진 질문이었다. 순간 교실 안은 "와" 웃음이 터졌다. 잠시 후 선생님은 "아니 소설은 입시 땜에 못 읽어도 영화는 형님 옷 빌려 입고라도 봐야지" 하고 넘어갔던 기억이 새록새록하다.

그랬다. 청소년 관람불가 영화를 보러 갔다가 학생 주임 선생에게 귓바퀴 잡힌 채 끌려 나오던 시절, 선생님의 충격적인 말씀에 나는 당시 여주인공 안인숙의 중요 부위는 못 봤지만 어쨌든 최인호의 소설 《별들의 고향》과 이를 원작으로 한 영화 〈별들의 고향〉이 엄청난 센세이션을 일으키고 있음은 확실하게 알았다. 그러나 소설은 당연히 곧바로 읽었지만 영화는 극장에서 보지 못하고 스무 살이 넘어 비디오로 본 기억만 남아 있다.

이십 대, 내가 가장 떨리는 가슴으로 읽은 소설은 역시 최인호의 《겨울 나그네》였다. 1984년 어느 일간지에 연재된 소설은 당시 대학에 다니던 나와 주인공들의 세대가 맞물리면서 묘한 동질감을 안겨 주었다. 우울했던 1980년대 중반 늦은 밤, 하숙집 길목 가판에 있던 신문을 사들고 읽노라면 나의 고통이 소설 속에 고스란히 담겨 있는 것 같아 흠뻑 빠져 들었다. 살벌하던 시대, 휘둘린 청춘 남녀의 이루지 못할 사랑을 그린 소설은 보도블록을 깨어 던지거나, 겁에 질린 눈빛으로 주위를 둘러보던 그 시대와는 정말 무관한 얘기들이었다.

하지만 사회면을 장식했던 핏빛 활자들을 보란 듯이 무시한 소설은 나를 현실과 전혀 다른 달콤한 세계로 밀어 넣었다. "오직 한가닥 타는 가슴속 / 목마름의 기억으로 / 남몰래 고민하던 민주주의에 대한 간절함"도 소설을 읽는 순간만큼은 없었다. 초창기 그가 보여준 번득이는 감수성과 세련된 문체 등은 평범한 독자인 내가 보기에도 적합한 관형어를 찾을 수 없을 정도였다. 그는 386세대 삶의 일부가 되었고 기쁜 우리 젊은 날을 사로잡았던 이른바 청년 문화의 기수였다.

시대의 아픔을 외면한 소설가

그러나 격동의 1980년대를 지내오면서, 또 문학과 사회와의 관계를 고민하면서부터 나는 최인호의 문학에 깊은 절망을 느끼며 그에 대한 열정은 차갑게 식어갔다. 모두가 아프다고, 견딜 수 없다고 비명을 질러댔지만 그는 아랑곳하지 않았다. 가끔은 그가 우리와 같은 시대, 같은 모국어를 사용하고 있는 것일까 하는 의문이 들었다. 문학은 사회의 가장 예민한 살갗이어서 가장 먼저 상처 입고 가장 빨리 아파한다. 험악했던 시대, 현실의 모순을 문학으로 표현하기 어려운 점도 이해되지만 그럼에도 시대의 아픔을 찾아보기 어려운 그의 글들이 몹시 서운했다. 그의 글을 열정적으로 읽으면서도 나는 점차 불편해져갔다.

그래서 그가 세상을 떠났을 때도 그가 취해온 작가적 이력을 긍정적으로 보기에는 마음이 내키지 않았다. 당시 모든 언론들이 저마다 그와의 귀한 인연을 들이대며 상찬을 늘어놓았다. '한국문학의 큰 별'이니, '청년 문화의 기수'니 '감수성의 천재'니 하면서 이른바 저명인사들이 앞다투어 쏟아내는 그에 대한 엄청난 찬양 속에서 냉정한 비판의 소리는 찾아보기 힘들었다. 어려웠던 시대, 함께 살아내지 못한 시대의 인물을 무작정 비난해서도 안 되지만 그렇다고 죽음 앞에 일방적인 찬사를 쏟아내는 것은 부박하다. 한 시대를 같이 고민하고 풍미했다는 것은 언제나 중요하기 때문이다.

누구라도 그러하듯이 나 또한 그의 글을 무척 좋아했지만 한순간도 그를 존경하지는 않았다고, 나는 한 일간지 칼럼에 작가 최인호를 냉정하게 몰아붙인 바 있다. 그럼에도 불구하고 최인호가 이 땅의 386세대들에게 끼친 영향은 엄청나다. 그는 이른바 1970년대 청년 문화의 아이콘이었다. 그는 유신 시절 '청년 문화선언'(1974)에서 기성세대가 청년 문화를 저질, 퇴폐로 몰아붙이는 데 반박하며 이른바 통기타, 블루진, 생맥주 문화를 옹호했다.

> 전에는 침묵의 대중을 몇몇 엘리트들이 정의 내리며 주도하고 이끌었지만, 오늘날 청년 문화는 엘리트를 인정하지 않는다. … 오늘날의 청년 문화는 침묵의 다수에서부터 위로 올라가는 상향식의 문화인 것이다.

그가 주장하는 청년 문화의 정점에 있는 노래가 〈고래사냥〉이다. 당시 젊은이들에게 그야말로 폭발적인 인기를 끌었다. 노래는 곧 비슷한 성격의 청춘영화의 주제곡으로 삽입되면서 더욱 맹위를 떨치게 된다. 영화 〈바보들의 행진〉(1975)이다. 일간 스포츠에 연재되었던 최인호의 소설을 원작으로 요절한 하길종 감독이 연출했다.

영화에는 〈고래사냥〉, 〈왜 불러〉가 전편에 흐르면서 현실에 대한 젊은이들의 반발 심리를 대변했으며, 김정호의 〈날이 갈수록〉이 그 시절 젊음들의 우울한 자화상을 대변하고 있다. 장발 단속, 음주 문화, 미팅, 무기한 휴강, 입대 등 젊은이들의 풍속도를 리얼하게 보여주면서 노래는 영화와 함께 이른바 시너지 효과를 내며 엄청난 인기를 끌었다.

바보들의 행진

뭐라 딱히 표현하기조차 어려운 상황, 퇴폐와 자학이 넘치던 안개 같은 시대였다. 1970년대 젊은이들의 좌절과 불안한 삶 등 상실감과 비애를 풍자적으로 묘사하고 있는 노래 〈고래사냥〉은 그래서 국민가요쯤으로 여겨진다. 아직은 희소성이 많았고 풋풋했던 대학가였다. 그래서 비록 지금은 존재감조차 희미해졌지만 당시 고연전의 막판에는 모두가 악에 받쳐 고래고래 함께 부르던 청춘의 노래였다.

그러나 〈고래사냥〉이 〈왜 불러〉와 함께 대학가 시위 현장에서 단골로 불리자 공연예술윤리위원회에 의해 금지곡 판정을 받았다. 요즈음 시대에는 도무지 이해가 가지 않는 대목이지만 그땐 정말 그랬다. 노래를 삽입한 영화 〈바보들의 행진〉 또한 무려 다섯 차례의 검열을 통해 술집에서 병태가 일본인과 싸우는 장면, 경찰서에서 여자의 옷을 벗기는 장면, 데모 장면 등 30분 분량이 잘려나갔다고 한다(《한국영화 감독사전》, 국학자료원, 2004년, p. 646).

노래와 영화(소설)는 모두 현실에서 찾아보기 불가능한 그 무엇을 찾는 것이 주제가 된다. 철학과에 재학 중인 병태

는 미팅에서 불문과 여대생 영자를 만나 사귀게 된다. 얼마 후 영자는 병태가 돈도 없고 전망도 없다는 이유로 절교를 선언한다. 한편 부잣집 외아들인 병태의 친구 영철은 적성에 맞지 않는 대학 생활을 하며 무료한 시간을 보낸다.

전국적으로 대학에 휴교령이 내려진 상황에서 갈 곳 없는 대학생들은 술로 스트레스를 푸는데, 술만 마시면 동해바다로 고래사냥을 가고 싶다고 말하던 영철은 어느 날 정말로 동해바다로 떠나 자살을 하고 병태는 군대를 선택한다. 병태를 태운 입영열차가 막 출발하려는 순간 어디선가 영자가 나타나 창문에 매달린 채 병태에게 입맞춤을 한다.

사라지는 모든 것을 생각하며

흥행적으로 큰 성공을 거둔 이 영화의 또 다른 오브제는 '기차'다. 지금의 KTX급이 아니라 삼등삼등 완행열차가 노래의 또 다른 주인공쯤 된다. 당시 완행열차는 당연히 '비둘기호'다. 적자를 이유로 한 경영 논리에 의해 강제 퇴출된 지 오래다. 역이란 역은 모두 멈춰서는 완행열차. 믿기지 않겠지만 속도가 워낙 느려 간혹 날쌘 청년들은 커브길을 달리는 열차에서 뛰어내리거나 올라타는 묘기를 부리기도 했다. 이 열차는 그 당시 요금이 더 비쌌던 통일호나 새마을호를 만나면 다른 기차가 지나갈 때까지 역에 멈춰서서 한참 동안을 기다려야 했다. 싼 운임 내고 탄 설움을 톡톡히 지불해야 했던 것이다.

그러나 비록 느리고 허름하기 이를 데 없지만 이 열차가 꼭 필요한 사람들이 있었다. 열차에는 인근 도시 학교로 통학하던 청소년들의 재잘거림, 방학을 맞아 고향에 내려가는 대학생들의 설렘이 담겨 있었다. 삶은 달걀과 푸성귀를 담은 광주리를 이고 아들, 딸집으로 가던 어머니의 주름진 얼굴이 있었고, 5일장에 내다 팔 물건들을 담은 봇짐을 들고 새벽 첫차를 탄 장꾼들이 있었다. 비둘기호의 단골 승객은 다름 아닌 우리의 어머니였다.

그러나 비둘기호의 추억은 이제 너무 아득하다. 퇴출로 인해 사람들은 어쩔 수 없이 통일호나 무궁화호, 새마을호를 타야 했다. 그러던 가운데 통일호마저 없어졌다. 세월은 흘러 이제는 새마을호보다 훨씬 빠른 KTX가 나타났다. 통일호, 무궁화호, 새마을호를 타던 사람들 가운데 상당수는 이제 KTX를 이용한다. 그러나 모두가 KTX를 탈 수 있는 것은 아니다. 참기름과 찹쌀 자루를 걸머진 할머니나 지방장터를 돌아다니는 장꾼들은 비싼 요금을 감당할 수가 없다. 깨끗하고 쾌적한 KTX가 완행열차를 타고 고래사냥을 간다는 386세대의 추억마저 고스란히 앗아간 셈이다.

〈고래사냥〉의 주체할 수 없는 대중적 인기는 동명의 영화 〈고래사냥〉을 탄생시킨다. 역시 최인호 소설이 원작으로 1984년 배창호가 감독했다. 지금은 사라진 피카디리 극장에서 상영하여 서울에서만 무려 43만을 동원해 그해 최고 흥행을 기록했다. 안성기, 이미숙, 가수 김수철이 등장하는 영화는 신군부 정권에 맞서는 민주화 운동이 한창이던 1980년대를 무대로 어디론가 탈출하고 싶은 젊은이들의 심정을 대변하고 있다.

주제가 〈고래사냥〉은 당시 대학가가 안고 있던 절망과 희망을 도도하게 포착하면서 특히 청년 지식인들을 끊임없이 선동했다. 계엄령, 위수령, 긴급조치에 억눌린 젊음에게 서둘러 고래사냥을 떠나라는 절규 아닌 절규인 셈이다. 자유로운 영혼을 지닌 거지 역에 안성기, 보호 본능을 자극하는 왜소한 병태 역에 음악을 담당했던 가수 김수철이 직접 출연했고, 이미숙의 풋풋한 벙어리 연기가 관객의 호감을 샀다. 노래의 인기는 뮤지컬로도 이어졌는데, 1996년에 극단 환퍼포먼스에서 이윤택 감독이 9억의 제작비를 들여 선보였다.

세월이 유수같이 흘렀다. 그러나 〈고래사냥〉은 과거에

KORAIL

만 있지 않다. 술집 뒷골목에서 술 취한 386세대들에 의해 이따끔 불리던 노래는 최근의 복고풍에 힘입어 되살아나고 있다. 사실 지금의 1970년대 복고 바람은 우연의 일치만은 아니다. '세시봉'으로 상징되는 통기타 가수들의 등장은 그 시절에 대한 애잔함이 아직도 호소력을 발휘하고 있기 때문일 것이다. 음악 프로그램 〈불후의 명곡〉에서 정동하와 딕펑스가 부르는 〈고래사냥〉을 보았는가? 관중석에 앉은 중년 세대들이 악을 쓰고 절규하듯 따라 부르다가 마침내 눈물을 훔치는 장면에서 나는 무한한 슬픔을 느꼈다. 장발머리에 청바지 뒷주머니에는 〈타임〉 지나 〈뉴스위크〉 지를 꽂고 다니며 종로통을 방황하던 바로 그들이다.

자 떠나자,
동해바다로

노래 〈고래사냥〉의 배경은 당연히 가상공간이지만 현실공간에도 엄연히 무대가 존재한다. 강원도 남애 해안 바닷가에 가면 그 무대가 있다. 미시령 터널로 인해 서울에서 불과 두 시간 반이면 동해 바닷가다. 대관령 굽이굽이 옛길을 상상하던 나는 너무나 편리해진 터널 길에 말을 잊는다.

〈고래사냥〉의 무대 남애 해변은 저 유명한 정동진역에서 조금만 올라오면 있다. 노래나 영화에 등장하는 것 못지않은 총천연색 관광열차가 해안가 파도를 내려다보며 달린다. 당연히 완행열차다. 바로 영화 속에 등장했던 열차다. 〈고래사냥〉의 유명세에 힘입어 지자체들이 앞다투어 만든 인공적인 장소. 하지만 사시사철 노래 〈고래사냥〉을 그리워하는 386세대들의 인파가 끊이지 않는다고 한다. 그래서 펜션 이름도 고래사냥이고 횟집도 고래사냥이다. 늦여름, 여전히 피서철임에도 불구하고 인근 경포대나 속초에 비해 한적하다 못해 고적하기까지 한 남애 바다는 송창식의 또 다른 노래 〈철지난 바닷가〉가 딱 어울릴 법한 쓸쓸한 풍경을 보이고 있다.

계절은 어느 덧 가을에 들어서고 있다. 술 마시고 노래하고 춤을 춰봐도 가슴에는 하나 가득 슬픔뿐이고, 무엇을 할 것인가 둘러보아도 보이는 건 모두가 돌아앉았지만 우리는 떠나야 한다. 동해 바다로 삼등삼등 완행열차를 타고 떠나야 할 때다. 노래 〈고래사냥〉은 우리더러 신화처럼 숨을 쉬는 고래 잡으러 떠나라고 부추긴다. 그러나 고래는 삶에 찌들린 저마다의 가슴에 숨 쉬고 있다. 가을, 이 가을에는 사라지는 모든 것을 위해 한번쯤 고개를 숙여봐야겠다.

아침이슬

김민기

긴 밤 지새우고 풀잎마다 맺힌
진주보다 더 고운 아침 이슬처럼
내 맘에 설움이 알알이 맺힐 때
아침 동산에 올라 작은 미소를 배운다
태양은 묘지 위에 붉게 떠오르고
한낮에 찌는 더위는 나의 시련일지라
나 이제 가노라 저 거친 광야에
서러움 모두 버리고 나 이제 가노라

내 맘에 설움이 알알이 맺힐 때
아침 동산에 올라 작은 미소를 배운다
태양은 묘지 위에 붉게 떠오르고
한낮에 찌는 더위는 나의 시련일지라
나 이제 가노라 저 거친 광야에
서러움 모두 버리고 나 이제 가노라

묘지 위에 붉게 타오르는 태양

〈아침이슬〉을 부르노라면 묘지 위에 붉게 타오르는 태양이 한 폭의 풍경화처럼 떠오른다. 서울대 미대 1학년생이 히피처럼 시간만 축내며 복학을 기다리다 그냥 그저 작곡한 노래. 김민기의 〈아침이슬〉은 그런 노래다. 그러나 이 노래는 1970~80년대를 상징하는 노래가 되었고 지금도 우리에게 큰 울림을 주는 노래로 남았다.

"모든 예술은 음악을 동경한다." 쇼펜하우어의 말이다. 특히 노래는 그렇다. 노래는 인간의 삶 깊숙이 배어 있다. 슬플 때나 기쁠 때나 인간은 노래를 부른다. 그리고 특이하게도 인간은 저항을 할 때도 노래를 부른다. 이때 대상은 주로 군림하는 세력들이다. 왜냐하면 노래는 어떤 예술 장르보다 상징적인 의미를 전파하거나 공유하기에 유리하기 때문이다. 백제 무왕이 소년 시절에 지어 아이들에게 널리 부르게 했다는 〈서동요〉, 1894년 동학혁명 때 녹두장군 전봉준을 기리는 노래 〈새야 새야 파랑새야〉, 나라를 빼앗긴 민족의 설움을 달래준 〈아리랑〉까지 노래는 힘이 세다.

대중들의 애환과 저항적 이데올로기를 담은 노랫말은 때때로 지배 세력에겐 두려움의 대상이 되기도 한다. 그러나 저항의 노래들은 일반적으로 특정 세력으로부터는 절대적인 사랑을 받게 되지만 보통의 대중들에게는 거리감이 존재한다. 그러나 예외도 있다. 저항 노래이면서도 단순히 운동의 노래가 아니라 일반 대중에게도 엄청난 사랑을 받은 노래가 있다. 바로 〈아침이슬〉이다.

아침이 되도록
마르지 않던 노래

〈아침이슬〉은 386세대들에게는 하나의 상징 노래쯤 된다. 그 시절 강촌이나 대성리 등 대학생들의 단골 엠티 장소에서는 해가 중천에 있어도 〈아침이슬〉의 가락은 마르지도 사라지지도 않았다. 당국에 의한 금지조치는 중요하지 않았다. 노래는 1970~80년대 대학가에서 그렇게 불려졌다. 송창식의 〈고래사냥〉도 있지만 아무래도 〈아침이슬〉과는 조금 다른 느낌이다. 〈아침이슬〉을 부르다 보면 무언가 가슴이 먹먹해지고 때론 무언가 불끈하는 것이 솟아오른다. 종국에는 목이 메이게 하는 특이한 노래다. 이른바 비장미의 극치다. 그러나 노래는 오랫동안 방송 금지곡으로 묶여진다. 가사 중 "태양은 묘지 위에 붉게 타오르고"라는 부분이 염세적이란 이유를 들었다. 일부에서는 붉은 태양이 북한 김일성을 연상케 한다는 식으로 의미를 확장하기도 했다. "서러움 모두 버리고 나 이제 가노라"라는 마지막 구절에 가면 맘 여린 여학생들이 흐느끼곤 하던 그런 노래다.

지난 시절, 저항 노래의 상징처럼 되어버린 〈아침이슬〉은 노래가 지니는 치열한 운동성과 역사성에 비해 의외로 단순한 동기에서 만들어졌다. 지난 30여 년 동안 숱한 역사의 현장에서 때로는 행진가로, 때로는 진혼곡으로 불리며 이 땅의 고통받는 많은 이들을 위로했던 노래의 탄생은 지나치게 맹숭맹숭하다.

1970년 봄, 경기고를 거쳐 당시 서울대 미대 회화과

1학년에 다니던 김민기는 이런저런 이유로 낙제를 당해 하릴없이 히피처럼 시간만 축내고 있었다. 지금은 대학로로 불리는 동숭동 일대를 맨발로 배회하며 기행을 일삼던 그는 그 시절 풍미했던 실존철학에 빠져 들었다. 그런 그가 복학을 기다리다가 (그의 표현대로) 그냥 그저 작곡한 노래가 〈아침이슬〉이다.

1970년대 한국사회의 굴절과 왜곡을 상징적으로 나타낸 노래의 탄생 치고는 지나치게 간단하다. 당시 갖가지 화제를 뿌렸던 그는 지금도 본격적인 작곡을 했다기보다는 그저 재미 삼아 만들었다고 강조한다. 굳이 덧붙인다면 자신이 전공하고 있던 그림의 이미지를 노래로 바꿨을 정도라는 것이 그의 설명이다. 실제 이 말은 설득력이 있다. 그래서 노래 〈아침이슬〉을 듣거나 함께 부르노라면 "태양은 묘지 위에 붉게 타오르고 한낮에 찌는 더위"가 하나의 풍경화처럼 눈앞에 떠올려지게 된다.

그러나 노래는 작곡도 중요하지만 누가 불렀느냐도 중요하다. 노래는 자신이 녹음한 데 이어 서울재동국민학교 동창생인 양희은의 맑은 목소리로 불려진다. 음울하고 저항적인 가사와는 대조적인 카랑카랑한 목소리로 불려진 노래는 곧바로 1970년대 우울한 시대 정서를 대변하는 상징적인 노래로 자리 잡게 된다. 그렇다. 〈아침이슬〉은 기성세대에게 곧 데모,

휴학, 대학 문화, 동숭동, 학림다방 등을 떠올리게 한다. 검정색으로 물들인 구제품 군복을 입고 사랑과 아르바이트와 병역 문제를 고민하며 부르던 그 시절의 대표 노래였다.

금지곡이
사랑받은 이유

그러나 〈아침이슬〉은 얼마 뒤 10월 유신을 맞아 금지곡으로 묶여 제도권에서는 철저히 외면당한다. 다시 들리게 된 것은 이른바 '6·29 선언' 이후다. 〈아침이슬〉의 방송금지 사태는 참

으로 희화적이다. 가사 맨 처음 등장하는 "긴 밤 지새우고 풀잎마다 맺힌"에서 "긴 밤"이 1970년대 당시의 유신정권을 의미한다는 게 나중에 밝혀진 금지 이유였다. 그러나 어처구니없게도 〈아침이슬〉은 1970년에 이미 발표됐고 유신은 1972년 10월에 선포됐다. 금지시키기 위해 억지로 갖다 붙인 황당한 이유쯤 되겠다. 하지만 이 같은 공백기 속에서도 〈아침이슬〉을 비롯한 그의 많은 곡들은 1970년대를 관통한다. 노래는 민중들의 사랑과 보호 속에 입에서 입으로 전해져 활화산처럼 번져 나갔다. 금지곡으로 묶인 덕분에 오히려 그의 음반은 천정부지의 고가로 팔렸다. 또 공장의 야유회나 대학가의 캠프에서 자동적으로 불려지던 통과의례의 노래였다.

그러나 '한국의 대중음악을 세계 수준으로 올려놓은 곡'으로 찬사받던 그의 노래들은 발표되는 족족 금지되고 판금되었다. 이런 이유로 그가 만든 많은 노래는 일단 '김민기'라는 이름 때문에 오랫동안 발표될 수 없었다. 자연히 그는 가수들에게 자신의 곡들을 다른 사람의 이름으로 보냈다.

그는 〈아침이슬〉을 발표한 이래로 1980년대 중반까지 17년 동안 노래 때문에 연행과 활동 금지를 되풀이 당해왔다. 그의 노래 뒤에는 늘 폭압적인 정권의 탄압과 그에 맞서는 민중들의 사랑이 있었다. 그런 가운데 그는 농촌으로, 또 폐허가 된 탄광촌으로 자리를 옮기며 노래를 만들어왔다. 1972년 서울대 문리대 신입생 환영회에서 〈꽃피우는 아이〉, 〈해방가〉, 〈우리 승리하리라〉를 부른 그는 이튿날 새벽 일찍 동대문 경찰서로 잡혀가 고초를 겪었고, 〈늙은 군인의 노래〉, 〈거치른 벌판의 푸르른 솔잎처럼〉도 발표되자마자 곧바로 금지되었다.

시대의 애환을 담다

그가 보병 제12사단에 소총수로 복무할 당시, 정년 2개월을 남겨놓은 탄약 담당 선임하사의 시름을 노래로 옮긴 〈늙은 군인의 노래〉는 슬픈 노랫말과 비감어린 곡조로 한 시대를 풍미하는 곡으로 부상되기도 했다.

> 나 태어난 이 강산에 군인이 되어
> 꽃피고 눈 내리기 어언 삼십 년
> 무엇을 하였느냐 무엇을 바라느냐
> 나 죽어 이 흙 속에 묻히면 그만이지
> 아, 다시 못 올 흘러간 내 청춘
> 푸른 옷에 실려 간 꽃다운 이 내 청춘

군 생활이 워낙 험난해 '인제'가면 언제 오나 '원통'해서 못 살겠네'로 알려진 강원도 인제군 원통에서 탄생한 노래다. 정년을 앞둔 선임하사가 막걸리 두 말을 내고 의뢰해 만들어진 곡으로 30여 년 군 생활을 마감하며 토로한 국방색 제복의 서러움에서 모티브를 얻었다. 병영에서 암암리에 애창되던 노래 역시 얼마 뒤 금지곡으로 지정된다. 그러나 노래는 오히려 일반인에게까지 급속도로 퍼져 나갔다. 음울하고 어려웠던 시대, 강남 룸살롱 숙녀들까지 애창하여 졸부들의 호화 주석酒席에 무언의 반항을 했으며, 민주화에 목마른 동남아 국가들에게까지 수출되기도 했다.

군사기 저하와 군 이미지 실추를 이유로 금지됐지만 노래는 서정성, 그리고 운동권 가요로는 보기 드문 애잔한 멜로디로 인해 대학가, 재야 운동가, 노동계의 큰 호응을 얻으며 오랜 세월 사랑을 받아왔다. 기이하게도 금지 조치가 혹독할수록 그의 노래는 멀리 그리고 널리 퍼져 나갔다. 비록 방송에서 퇴출되고 음반 발매는 금지되었지만, 이 노래는 가난한 사람들의 벗이 되고 위로가 되었다. 좋은 시절에는 잊히다가 삶이 고통스럽고 시대가 암울하면 먹먹한 가슴으로 부르는 기구한 운명의 노래가 〈늙은 군인의 노래〉다. 지금 잠깐 유행하는 걸그룹의 댄스 음악과는 엄연히 차원이 다르다.

특히 이 노래는 노랫말에 등장하는 군인이 교사, 농민, 노동자 등으로 다양하게 바뀌어 불리면서 민초들의 삶의 현장에서 꾸준히 사랑을 받아왔다. 〈불후의 명곡〉에서 가수 홍경민이 대형 중창단과 함께 선보여 큰 호응을 얻기도 했다. 그날 이후 김민기의 옛 노래들이 연달아 유튜브에 오르는 등 신세대들에게도 리바이벌 붐을 일으키고 있다.

또 다른 전설적인 그의 노래는 〈공장의 불빛〉이다. 이제는 기억조차 가물가물해진 악명 높았던 동일방직 똥물테러 사건을 소재로 한 이 노래는 당국의 눈을 피해 은밀히 카세트 테이프로 제작됐지만 곧바로 압수당했다. 이처럼 김민기의 노래는 늘 통제를 받아왔다. 특히 노래를 통제해야 할 필요성은 지배 세력의 통치 정당성이 떨어질 경우 더욱 커진다. 우리 노래 역사에서 일제시기와 박정희 유신정권 시절, 5공 신군부 시절 노래에 대한 통제가 가장 극심했다는 사실은 이를 증거하고 있다. 그래서 금지곡의 역사를 훑는 게 곧 우리 사회의 역사를 들여다보는 일이 되고 있는 것이다.

그럼에도 불구하고 그는 남들에게 그러한 일들을 설명하고 또 변명하는 데 완강하게 반발하고 있다. "노래라는 것은 만들어지면 부르는 사람이 임자지, 작곡자는 철저히 제3자가 되어야 한다"는 것이 그의 지론이다. 그래서 그는 자신의 노래에 대해 이러쿵저러쿵 얘기하는 것 자체를 기피하다 못해 혐오하고 있다. 도가道家의 도인 같은 초탈한 모습을 보이고 있는 것이다. 〈아침이슬〉도 정작 자신은 이한열 군 장례식 때 듣고 비로소 그 노래가 가지는 엄청난 위력과 역사성을 깨달았다고 회고한다. 당시 운구가 시작되면서 수십만이 핏발 선 눈빛으로 노래를 부를 때 "소름이 끼치고 온몸이 떨려와 귀를 막았다"라고 김민기는 당시를 회고했다.

김민기 그리고 〈아침이슬〉은 1970~80년대 우리 시대의 아픔을 대표하는 무한한 의미를 지닌 이름이고 노래다.

이한열 군의 장례식 때
〈아침이슬〉이 장송곡의 하나로 불리었다.

1970년대 이후 지금에 이르기까지 그의 노래를 불러보지 않은 기성세대가 과연 몇 명이나 있겠는가. 그는 그냥 그렇게 무심하게 노래를 만들었다지만 그가 만든 노래는 가장 의미 있는 노래가 되어 우리 시대를 관통하고 있다.

봄날은 간다

백설희

연분홍 치마가 봄바람에 휘날리더라
오늘도 옷고름 씹어가며
산제비 넘나드는 성황당 길에
꽃이 피면 같이 웃고, 꽃이 지면 같이 울던
알뜰한 그 맹서에 봄날은 간다

새파란 꽃잎이 물에 떠서 흘러가더라
오늘도 꽃편지 내던지며
청노새 딸랑대는 역마차 길에
별이 뜨면 서로 웃고, 별이 지면 서로 울던
실없는 그 기약에 봄날은 간다

얄궂은 노래 속에 인생도 간다

인생도, 청춘도, 꿈도 봄날처럼 간다. 잡으려 할수록 더 빨리 간다. 그래서 아쉽다. 소월의 시구처럼 실버들을 천만사 늘여놓고도 가는 봄을 잡지도 못한다. 기껏 우리가 할 수 있는 것이라곤 노래를 핑계 삼아 속절없이 가버린 청춘을 그리워하며 술잔을 기울이는 일, 우리네 봄날이 속절없이 가고 있다.

얼마 전 정현종 시인의 등단 50주년 축하연에서 일어난 일이라고 한다. 황동규 시인, 복거일 선생, 김원일 선생 등 쟁쟁한 문인들이 참석한 이 자리에서 몇 차례 술이 돌고 행사가 마지막을 향해 치닫던 때였다. “지금부터 축하 공연이 있겠다”라는 말과 함께 복거일 선생이 하모니카를 들고 등장했다. 시끌벅적한 식당 안, 처연하고도 명징한 하모니카 소리가 울려 퍼진다.

옛날에 금잔디 동산에
메기 같이 앉아서 놀던 곳

아, 〈메기의 추억〉이다. 이어 귀에 익숙한 노래가 나온다. "연분홍 치마가 봄바람에 휘날리더라 / 오늘도 옷고름 씹어 가며 산 제비 넘나드는 성황당 길에." 〈봄날은 간다〉였다. 모두가 흥을 참지 못하고 뛰어나와 둥실둥실 어깨춤을 추었고 머리가 희끗희끗한 문인들이 함께 떼창을 하며 잔치는 끝났다고 한다.

누구에게나
봄날은 간다

이날의 주인공인 노시인은 '사람들 사이에 섬이 있다 / 그 섬에 가고 싶다'라는 시 〈섬〉으로 대중들에게 널리 알려졌다.

1980년대, 신촌 이화여대 후문 건너편에는 '섬'이란 카페가 있었고 나는 그곳을 무시로 드나들었다. 강남이 본격적으로 개발되기 전이고 '벼락 맞은 대추나무', '템테이션' 등 몇몇 카페들이 이대 후문에 웅크리고 있던 이른바 '장미여관'의 시대였다. 카페 섬에는 커다란 광목천에 검은 붓글씨로 쓴 시 〈섬〉 전문이 걸려 있어 유난히 눈길을 끌었다. 신촌 밤무대를 어슬렁거리며 하릴없이 술과 음악에 저려 있던 내가 시인 정현종을 처음으로 알게 된 곳이 여기다.

이날 정현종 시인의 축하연 풍경이 증거하듯 문인들은 노래 〈봄날은 간다〉를 좋아한다. 그리고 이것은 전혀 새삼스런 뉴스가 아니다. 몇 년 전 계간 《시인세계》에서 시인 100명에게 애창곡을 물었더니 〈봄날은 간다〉가 단연 1위였다. 대중가요가 고상하기 그지없다는 시인들에게 최고의 노래로 인정받은 셈이다. 사람들은 말한다. 이 노래만 부르면 까닭없이 목이 메이고 눈시울이 뜨거워진다고. "연분홍 치마가 봄바람에 휘날리더라"까지는 그런대로 견딘다. 그러나 철의 심장을 가진 냉혈한도 "꽃이 피면 같이 웃고 꽃이 지면 같이 울던 알뜰한 그 맹세에 봄날은 간다"가 끝날 때쯤이면 얼굴은 젖은 물빛을 띠게 된다. 〈봄날은 간다〉는 그런 노래다.

1953년 발표한 손로원(시원) 작사, 박시춘 작곡의 〈봄날은 간다〉는 많은 가수들이 불렀다. 백설희를 비롯해 조용필, 장사익, 최백호, 한영애, 심수봉, 이동원, 김도향 등 한국 가요사를 관통하는 명가수들은 모두 자기만의 음색으로 이 곡을 불렀다. 심지어 전제덕은 하모니카로 구성지게 연주했으며, 바이올린, 가야금, 색소폰 등으로도 연주되었다. 서로 다른 음색으로 부르지만 〈봄날은 간다〉는 기가 막히게 한결같은 정서를 준다.

나는 그중에서 '장사익' 버전을 가장 좋아한다. 폐부에서 솟구치는 절절한 서러움을 꺾는 창법에 가슴이 아련해온다. 꽃처럼 지고 만 짧은 봄의 아쉬움, 곧 다시 오지 않는 내 청춘에 대한 절망감과 한이 고스란히 표출되는 노래다. 그래서 남녀노소를 막론하고 불렀고, 불렀다 하면 모두 노래 속에 첨벙 빠지게 되는 묘한 노래다.

그러나 내가 〈봄날은 간다〉를 좋아하게 된 것은 누구나 그랬겠지만 폭풍 같은 청춘기를 지내고 인생의 신산함을 알게 된 중년이 되고 난 이후다. 노래가 안기는 깊고 유장한 의미를 아서라, 청춘들은 모른다. 구성진 멜로디에 깊은 페이소스가 녹아 있는 노랫말에 이 땅의 중년들은 '사오정' 인생의 고비고비 맘이 괴로울 때 폭탄주에 취해 귀가길에 훌쩍이며 불렀다. 젊은 날 들었던 그 모든 노래들을 위압하며 다가온 노래가 바로 〈봄날은 간다〉이다.

노래 〈봄날은 간다〉는 이 땅에서는 하나의 신드롬이다. 고상하기 그지없는 시가 대중가요를 따른다는 게 조금은 이상하지만 〈봄날은 간다〉라는 제목의 시도 있다.

이렇게 다 주어버려라
꽃들 지고 있다
(중략)
지상에 더 많은 천벌이 있어야겠다
봄날은 간다

시인 고은은 봄날의 자조 섞인 탄식으로 봄날의 정한을 노래했다. '가는 봄날'이라는 순간성과 맞물리며 허무의 극치를 느끼게 한다. 한마디로 허무 속에서 퇴폐와 탐미를 찾았다. 안도현은 "꽃잎과 꽃잎 사이 / 아무도 모르게 봄날은 가고 있었다"고 탄식했다. 29세에 요절한 기형도는 "봄날이 가면 그뿐 / 숙취는 몇 장 지전紙錢 속에서 구겨지는데"라는 시를 남기고 서른 즈음에 생의 봄날에 떠났다.

"라면 먹고 갈래요?", "내가 라면으로 보여?", "어떻게 사랑이 변하니?" 라는 유행어를 탄생시키며 한동안 회자되던 같은 이름의 영화도 있고, 인기 드라마도 있었다. 이 노래가 얼마나 대단한지를 알게 해주는 대목이다. 곡조가 처연하고 가사의 울림이 그만큼 한국인에게 깊고 크게 작용하기 때문이다.

처연한
봄날의 역설

〈봄날은 간다〉는 1953년 한국전쟁 막바지 대구 동성로 유니버셜 레코드사가 제작한 유성기 음반으로 발표됐다. 화가이자 작사가인 손로원이 지은 노랫말에 박시춘이 곡을 붙였다. 비장미 넘치는 노랫말은 손로원이 부산 용두산 판자촌에서 살 때 화재로 연분홍 치마를 입고 있는 어머니의 사진이 불에 타는 모습을 보고 써두었다고 한다.

젊은 나이에 남편과 사별한 어머니가 타계하기 전, 장롱 속에 고이 간직한 연분홍 치마의 한복을 아들인 자신의 결혼식에서 입겠다고 입버릇처럼 말한 사실을 당시의 시대 상황과 함께 떠올리며 지었다는 것이다. 그래서 얼핏 화사한 봄날에 어울리는 밝은 봄노래 같지만 오히려 노래 저편에는 처연한 슬픈 봄날의 역설이 가득하다. 시인 김영랑이 이야기한 "찬

박시춘 선생 노래비

란한 슬픔의 봄"에 버금가는 대목이다.

노래는 발표되자마자 전쟁에 시달린 가난한 한국인들의 한 맺힌 내면 풍경을 대변하며 폭발적인 인기를 끌었다. 그러나 이름값 하는 국민가요쯤 인정되는 〈봄날의 간다〉의 흔적을 찾는 길은 지난하다. 봄날만 간 게 아니라 세상 변화가 워낙 빠르다 보니 그 시절 그 노래의 풍경은 전설이 되고 신화가 되고 말았다.

전쟁의 포화 속에서도 대중가요의 명맥을 이어갔던 1950년대 초 유니버셜 레코드사가 있던 대구 동성로와 교동은 이제 대구의 구시가지로 남아 조악한 영세 상점들이 늘어져 있을 뿐 그 흔적을 찾기 어렵다. 조그만 표지석이라도 하나 있었으면 하는 바람은 지나는 행인들의 왁자지껄한 소리에 잦아든다. 피난민들의 애환이 서려 있었던 손로원이 살던 부산 용두산 기슭의 판자촌은 옛말이고 재개발 바람에 아파트와 상가가 빼곡하다. 봄이면 온 국민들을 놓았다 들었다 하는 노래치고는 그 대접이 영 시원찮다.

꽃이
지는 것은 순간

기실 〈봄날은 간다〉 만큼 대중의 심금을 울린 노래는 많지 않고 그만큼 우리 정서에 실체적인 영향을 끼친 대중가요는 드물다. 그렇지만 정작 세대를 아우르는 노래에 대한 우리의 시선은 여전히 이중적이다. 클래식에 대한 태도와는 상대적으로 정작 자신의 슬픔을 달래주는 대중가요에 대해서는 내려다보는 이른바 미적 야만주의는 여전하다.

실제로 〈봄날은 간다〉에 대한 우리의 대접은 너무나 남루하다. 오래전 서울대 박인수 교수가 대중가요를 불렀다는 이유로 국립오페라단에서 축출당했던 황당한 옛 역사가 생각나는 대목이다.

노래를 최초로 부른 고故 백설희 선생은 경기도 광주 삼성공원묘지에 잠들어 있다. "인생은 짧고 예술은 길다"라는 플라스틱 조화 옆에 위치한 작은 표지석이 안개비에 젖어 있다.

노래 〈봄날은 간다〉를 구체적으로 보여주는 유일한 기념비는 남이섬에 있다. 요즈음 말로 썸을 탔던 이 땅의 중년들이 젊은 날 한때 단골로 찾던 추억의 공간이다. 서울과의 지정학적인 거리 탓에 잘만하면 기차가 끊어진 것을 핑계로 여자친구와 어떻게 하룻밤을 같이 보낼 수도 있었던 가슴 떨리던 가능성의 장소이자 사연 많은 유원지이다. 지금은 완전히 중국 관광객들 천지지만 말이다. 〈겨울연가〉 이후 몰아닥친 일본 관광객에 이어 남이섬은 이제는 완전히 중국인들이 차지하고 있다. 섬을 한 바퀴를 천천히 돌아 나오는 동안 모국어를 듣기 어렵다.

그러다 가끔 남녘 지방에서 올라온 할머니들이 아픈 다리를 주무르며 쉬는 모습이 눈에 띈다. 검푸른 강물을 뒤로 하고 양산을 든 할머니는 몇 번이나 떨어지는 봄꽃을 돌아보고 또 돌아다본다. 할머니는 또 그 얼마나 많은 세월 아지랑이 같은 봄을 기다리며 살았고 봄날을 보냈을까.

"꽃은 피기는 힘들어도 지는 것은 순간"이라는 시인 최영미의 시구가 벼락처럼 다가오는 봄날이다. 맞다. 아련한 봄날이 가고 있지만 우리는 가는 봄에 대해서 아무런 조치를 취할 수 없다. 올해 봄날도 간다. 아쉬운 작별의 인사도 없이 벌써 저만큼 가고 있다. 인생도, 청춘도, 꿈도 봄날처럼 간다. 잡으려 할수록 더 빨리 간다. 그래서 아쉽다. 소월의 시구처럼 실버들을 천만사 늘여놓고도 가는 봄을 잡지도 못한다. 기껏 우리가 할 수 있는 것이라곤 노래를 핑계 삼아 속절없이 가버린 청춘을 그리워하며 술잔을 기울이는 일. 우리네 봄날이 속절없이 가고 있다. 맞다, 열아홉 순정은 황혼 속에 슬퍼지고 얄궂은 그 노래에 봄날은 간다.

#03

3장.

슈퍼스타의 탄생, 낭만을 노래하다

人生一曲

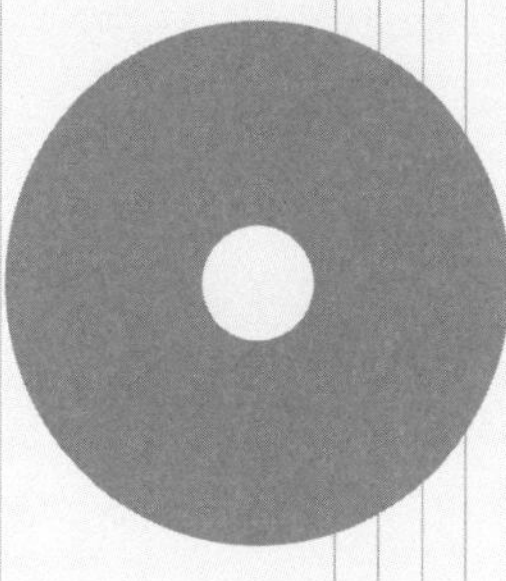

낭만에 대하여

최백호

궂은비 내리는날
그야말로 옛날식 다방에 앉아
도라지 위스키 한잔에다
짙은 색소폰 소릴 들어보렴

새빨간 립스틱에
나름대로 멋을 부린 마담에게
실없이 던지는 농담 사이로
짙은 색소폰 소릴 들어보렴

이제 와 새삼 이 나이에
실연의 달콤함이야 있겠냐만은
왠지 한 곳이 비어 있는
내 가슴이 잃어버린 것에 대하여

밤 늦은 항구에서
그야말로 연락선 선창가에서
돌아올 사람은 없을지라도
슬픈 뱃고동 소릴 들어보렴

첫사랑 그 소녀는
어디에서 나처럼 늙어갈까
가버린 세월이 서글퍼지는
슬픈 뱃고동 소릴 들어보렴

이제 와 새삼 이 나이에
청춘의 미련이야 있겠냐만은
왠지 한 곳이 비어 있는
내 가슴에 다시 못 올 것에 대하여
낭만에 대하여

낭만은
아득하고
추억도 세월 속에
야위어간다

뒤돌아보면 그립고 생각해보면 아쉬운 시간이 누구에겐들 없으랴. 〈낭만에 대하여〉는 인생의 황혼기에 접어든 중년들에게 돌아가고 싶은 그 시절을 추억해보라고 속삭인다. 그러나 흘러간 세월을 어찌하겠는가. 흐르는 것은 강물만 아니다. 정도 흐르고 그리움도 흐른다. 낭만은 아득하고 추억마저 긴긴 세월 속에 야위어간다.

충무동 앞바다

동해남부선은 말 그대로 한반도 남쪽 동해 바닷가를 달리는 기차다. 지금은 흔적조차 사라진 부산진역을 출발해 포항까지 145.8킬로미터를 두 시간에 걸쳐 달리는, 열차 노선 치고는 아주 짧은 단선 노선이다. 1930년 개통 당시의 출발역이었던 부산진역을 대신해 지금은 서면 로터리 인근 부전역에서 출발한다. 자동차 시대에 밀려 정거장도 많이 줄어들어 노선은 아주 단출하다. 그래서 동해 남부선을 타본 기억이 있는 사람은 많지 않다. 동부 경남 지역 주민을 제외하고는 그저 해운대, 송정, 기장, 일광을 거슬러 올라가는 빼어난 바닷가 절경을 보기 위한 낭만주의자들이 가끔 이용하는 그저 그런 정도다.

속절없이 가버린 젊은 날

이 존재감 없는 기차 노선은 훗날 이 땅의 중년 세대를 울리는 대중가요의 결정적인 모티브가 된다.

"첫사랑 그 소녀는 / 어디에서 나처럼 늙어갈까"라는 〈낭만에 대하여〉 노랫말이 이 기차간에서 탄생한다. 듣는 이에게 불현듯 아득한 옛 생각에 잠기게 하는 이 노랫말이다. 검은 교복에, 얼룩무늬 교련복에 양은 도시락을 담은 김치 국물 밴 가방을 옆에 끼고 통학하던 세월들을 느닷없이 추억하게 한다. 속절없이 가버린 젊은 날을 반추하게 하는 그런 노래다.

최백호가 부른 〈낭만에 대하여〉는 바로 이 땅의 기성세대를 위무하기 위해 태어난 노래다. 산업화와 민주화의 질곡에서 더러는 기쁨을 맛보았지만 대개는 상처를 가슴에 안고 살아온 세대들이다. 굳이 갖다 붙이자면 서정주의 〈국화 옆에서〉가 어울린다. "그립고 아쉬움에 가슴 조이든 / 머언 먼 젊음의 뒤안길에서 / 인제는 돌아와 거울 앞에 선 / 내 누님 같은" 노래쯤이나 된다고 할까. 그래서 아마 이 노래를 듣는 중년들은 저마다의 옛 생각에 잠을 잘 이루지 못할지도 모르겠다.

알려진 대로 최백호는 동래군 일광면에서 성장기를 보냈다. 지금은 행정구역상 부산이다. 부친은 29세의 나이로 부산에서 국회의원(제2대 민의원)에 당선된 최원봉이다. 최백호가 태어나던 바로 그해에 교통사고로 세상을 떠났다. 이승만 대통령과 대립하며 백범 김구 선생과 같은 길을 걸었다. 6·25 전쟁 당시 북진하던 연합군(터키군) 트럭과 최원봉이 탄 지프가 충돌하는 사고였는데, 그의 죽음을 두고 '정치적인 암살이 아니냐'는 논란이 일기도 했다. 정권이 바뀔 때마다 유가족들은 진상조사를 요구했지만 받아들여지지 않았다고 한다.

일광에 살던 최백호는
기차로 통학하며 중학교를 다녔다。

어머니는 일광초등학교에서 교사를 하며 유복자격인 최백호를 홀로 키웠다. 그래서 일광역에서 동래를 거쳐 부산 서면을 오가던 동해남부선은 최백호에게는 청소년기의 기억을 몽땅 가지고 있다. 그러나 일광역 또한 흔적도 없다. 첫사랑 그 소녀를 만나는 설렘으로 기차에 올랐던 역 광장은 공설 주차장으로 변해 있고 건널목에는 한 무리의 핏빛 칸나가 '초추初秋의 양광陽光'에 고개를 떨구고 있다.

내 마음 갈 곳을 잃은 시절

그 시절, 이른 아침 일광역을 출발한 완행열차는 남부 동해 바닷가를 한참 달려 동래역, 부전역에 단발머리 소녀와 여드름이 가득한 십 대들을 토해 놓았을 것이다.

느릿느릿 달리는 통학길 완행열차에서 그는 첫사랑 그 소녀를 만났다. 그녀의 이름은 박경희, 살아 있다면 그녀도 초로의 할머니가 되어 있을 터이다. 최백호는 자기 홀로 좋아했고 또 세월이 많이도 흘렀으니 이제는 이름을 밝혀도 좋을 것이라며 웃는다. 더구나 그녀는 아마 자신이 최백호의 첫사랑의 대상인지조차 모를 것이라고 고백한다. 십 대의 수줍음과 설렘이라고는 찾아볼 수 없는 "가버린 세월이 서글퍼지는" 대목이다.

기차 통학생 최백호가 다니던 부산 서면과 동래 일대는 그의 신산한 삶의 한 시절을 차지한다. 동래중을 통학하던 그는 훗날 스무 살의 가장 힘들었던 시절을 이 일대에서 보낸다. 결핵으로 군대에서조차 쫓겨난 이십 대 초반의 대책 없는 청년 최백호는 반거지 신세였다. 유일한 버팀대였던 어머니마저 돌아가시고 '내 마음 갈 곳을 잃었던 시절' 밥만 먹여준다면 뭐든 다 했다. 서면에 있던 동보극장에 들어가 극장 간판 그리는 일도 했다. 〈로미오와 줄리엣〉 간판도 그렸다. 그 시대 청춘의 로망이었던 올리비아 핫세가 나온 1968년 판 〈로미오와 줄리엣〉이다. 니노 로타[Nino Rota]가 작곡한 "What is a youth"로 시작하던 주제곡이 그 시절의 상징 음악이 되었던 바로 그 영화다. 고달픈 시절, 극장 간판을 그리던 솜씨가 지금의 꽤 잘나가는 아마추어 화가로 탄생하게 한 계기가 된다.

노랫말에 등장하는 "그야말로 옛날식 다방"은 부산 동래시장 입구에 있었다. 동래시장은 가진 것이 없어 굶주릴 당시, 청춘을 저주하며 자주 들락거리던 거리다. '궂은비 내리는 날 / 그야말로 옛날식 다방에 앉아 / 도라지 위스키 한잔에다 / 짙은 색소폰 소릴 들어보렴 / 샛빨간 립스틱에 / 나름대로 멋

을 부린 마담에게 / 실없이 던지는 농담 사이로 / 짙은 색소폰 소릴 들어보던' 바로 그 거리다. 동래는 오랫동안 부산의 요충지였다. 조선시대 이 일대를 다스리던 관헌이 있던 곳으로 임진왜란 당시 동래부사 송상현이 장렬하게 최후를 맞이한 곳도 동래다.

그러나 인근 대형 할인점에 밀린 동래시장은 초라하기 그지없다. 좁은 골목길은 이 지역 명물 돼지국밥집들만 빼곡하고 싸구려 잡화를 파는 가게들이 무심한 가을 햇볕에 졸고 있다. "그야말로 옛날식 다방"은 흔적조차 없고 시장 입구에 위치한 남루한 커피숍에는 초로의 신사 몇 분이 다방 마담과 수다를 떨고 있다.

Yesterday once more

구석에 먼지를 뒤집어쓰고 있는 스피커에서는 옛날식 노래들이 흘러나오고 있다. 스피커 모퉁이에 '롯데 파니오니아'라는 로고가 선명하다. 맞다. 중년층에게 꽤나 익숙했던 전축 상표가 아니던가. 갑자기 "When I was young / I'd listened to the radio / Waitin' for my favorite songs" 카펜터스의 〈yesterday once more〉가 불쑥 흘러나온다. 1970년대가 다방 안을 가득 채우더니 휘돌아 나간다.

> 부산 동래에 한 다방이 있어요. 내가 굉장히 힘들었을 때 우연히 갔던, 비가 억수로 오던 날, 우산도 없이 쑥 들어간 다방인데, 손님도 없고. 다방 구석에 앉아 커피 한 잔을 시켜놓고 마신 거죠, 음악다방도 아닌 그냥 다방에서. 그때 색소폰 음악이 하나 들려오는데, 너무 가슴에 와 닿는 거예요. 여자 종업원에게 LP 재킷을 보여 달라고 해서 보니까, 에이스 캐논의 〈Laura〉라는 연주곡이었어요. '바바밤~' 이렇게 시작하는, 그걸 한 스무 번 이상은 들었을 거예요. 그런 기억을 끄집어내서 만든 노래예요.

그는 오래전 월간 〈신동아〉와의 인터뷰에서 동래시장과의 추억을 이렇게 고백했다.

밤늦은 항구도 동래시장과 함께 이 노래의 주요 배경이 된다. 부산항 제3부두 선착장이다. 그가 곤고했던 시절 광복동 일대 통기타집을 전전할 때 가끔씩 들리던 제3부두는 지금은 국제선 선착장이 되어 있다. 그는 그 시절, 한 일본인 친구를 그야말로 난생 처음 배로 떠나보낸 적이 있다고 했다. 그런 사연이 노랫말이 된다. 연락선 선창가에서 돌아올 사람은 없을지라도 슬픈 뱃고동 소릴 들어보라는 그의 권유는 항구를 모르는 내륙 사람들에게는 아련한 그리움의 대상이 된다.

〈낭만에 대하여〉는 일단은 슬픈 노래다. 젊은 시절 들어서는 노래가 주는 깊고도 유장한 슬픔을 이해하지 못한다. 왠지 한곳이 비어 있는 중년들의 가슴을 후비고 들어오는 노래다. 노래는 듣는 이에게 다시 못 올 것에 대하여 어서 생각하라고 속삭인다. 지나간 시절을 조용히 생각하니 그것이 첫사랑이었다는 그런 말들과 고스란히 일치한다. 그렇다. 수많은 세월이 말없이 흘렀다. 세상 모두 우리 거라고 생각했던 시절, 날아가고 팠고 뛰어들고 팠던 시절이 있었다.

아무도 모르고 누구도 모르던 숨은 이야기들을 가만히 생각하게 하는 노래가 〈낭만에 대하여〉이다. 뒤돌아보면 모두가 그립고 생각해보면 아쉬운 시간들이다. 돌아가고 싶은 그런 시절들에 대해 추억해보라고 노래 〈낭만에 대하여〉는 이 땅의 중년들에게 속삭이고 있다. 그러나 흘러간 세월을 어찌하겠는가. 〈yesterday once more〉는 노랫말에만 있다. 흐르는 것은 강물만 아니다. 정도 흐르고 그리움도 흐른다. 낭만은 아득하고 추억마저 긴긴 세월 속에 야위어간다.

K
대 동

FERRY

골목길

김현식

골목길 접어들 때에 내 가슴은 뛰고 있었지
커튼이 드리워진 너의 창문을 말없이 바라보았지
수줍은 너의 얼굴이 창을 열고 볼 것만 같아
마음을 조이면서 너의 창문을 말없이 바라보았지
만나면 아무말 못하고서 헤어지면 아쉬워 가슴 태우네
바보처럼 한마디 못하고서 뒤돌아 가면서 후회를 하네
골목길 접어들때에 내 가슴은 뛰고 있었지
커튼이 드리워진 너의 창문을 말없이 바라보았지

만나면 아무 말 못하고서 헤어지면 아쉬워 가슴 태우네

바보처럼 한마디 못하고서 뒤돌아가면서 후회를 하네

골목길 접어들 때에 내 가슴은 뛰고 있었지

커튼이 드리워진 너의 창문을 말없이 바라보았지

커튼이 드리워진 너의 창문을 말없이 바라보았지

첫 키스는 왜 늘상 골목길에서만 이루어졌을까?

〈골목길〉은 고즈넉한 골목길의 풍경을 오히려 역설적으로 포효하듯 묘사했던 가객 김현식의 존재를 알린 노래다. 그 시절, 신촌의 골목길 접어들 때면 가슴은 뛰고 있었다. 히피들이 들끓던 신촌, 그곳엔 김현식처럼 방황하던 젊음이 넘쳐났다. 3050세대 추억의 장소는 왜 항상 신촌이고 첫 키스는 왜 늘상 골목길에서만 이루어졌을까? 김현식의 노래에 그 답이 있다.

세월은 사람과 함께 간다. 1990년 11월 1일 나는 김현식이 떠났다는 소식을 들으며 또 한 시대가 가고 있다는 생각을 했다. 내 젊음의 빛이 스러지는 것을 느꼈고 얼마 뒤 나는 나의 젊은 시절이 더 이상 단 한조각도 남아 있지 않음을 깨달았다. 이십 대만 가질 수 있는 설렘과 뜨거움, 무모함 등과 함께 김현식은 이 땅의 기성세대, 특히 386세대에게 그런 존재다. 1958년생이니 그는 안타깝게도 고작 서른을 조금 더 살다 갔다.

김광석과 비슷하게 세상을 떠난, 이 거칠고 삐딱한 젊은 가객을 우리는 정녕 잊지 못한다. 그래서 이은미, 임재범, 윤종신, 김장훈, 김정민, JK김동욱, 김조한, 김범수, 바비킴, 싸이, 라디, 박효신 등 수많은 후배 가수들이 그의 노래를 불렀고, 지금도 부르고 있다. 삶을 마감하기 직전까지 병실에서 음악을 놓지 않고 끝까지 노래한 그다. 김현식. 그래서 사람들은 말한다. "땅 위에 가왕 조용필이 있다면 땅 밑에는 가객 김현식이 있다"라고. 이 경우 땅 밑은 '언더그라운드 가수'라는 의미가 된다.

땅 밑의
가객

김현식이 활동했던 1980년대는 민주화가 완성된 시기다. 그러면서 386세대들이 시대의 주류로 진입했고 예전의 순수했던 운동이 언제부터인가 국회의원 배지를 다는 수단이 되기도 했다. 1980년대 중반까지 교정은 늘 운동권의 북소리, 꽹과리 소리가 울려 퍼졌고 김현식의 노래를 듣는 것 자체가 죄악시되곤 했다. 대중가요를 듣는 것조차 사치로 여겨지던 시대, 상처 입은 짐승의 목소리로 세상의 모든 고독과 울분을 저 혼자 짊어진 것 같았던 노래들이 그로부터 터져 나왔다. 저항적이고 불온한 그의 노래는 민주화 과정에서 상처가 많았던 386세대들을 위무했다. 김광석, 들국화와 더불어 김현식의 음악들은 그런 의미를 지니고 있다.

알려진 대로 김현식은 서울에서 태어났다. 밴드부 활동을 하며 명지고등학교를 다녔으나 1975년 자퇴한 뒤 검정고시로 고졸 학력을 얻게 된다. 1982년에 결혼하여 동부이촌동 공무원 아파트에 신접살림을 차린 그는 인근에 피자가게를 열어 직접 배달을 하는 등 결혼이 가져다주는 행복에 빠져 있었다. 그러나 음악은 그를 평범한 일상에 놓아두지 않았다. 아내 몰래 밤무대 활동을 시작한 그는 우여곡절 끝에 전성기를 누렸지만 1987년 11월 대마초 사건으로 구속되었다. 1988년 2월 삭발한 채 오른 재기 콘서트에서 용기를 얻고, 이후 '신촌블루스' 멤버들과 음악적 교류를 하며 라이브 무대의 황제쯤으로 인정받았다.

〈골목길〉은 1989년 신촌블루스 2집에 객원 보컬로 참여하며 대중에게 선보였던 노래다. 그러나 유난히 음악과 술을 사랑했던 그는 1990년 11월 서른셋의 나이에 신혼의 둥지를 틀었던 동부 이촌동 자택에서 간경화로 세상을 떠났다. 또 하나의 명곡이 된 〈내 사랑 내 곁에〉는 사후 발표된 노래다.

이런저런 이유로 김현식은 1980년대 한국의 언더그라운드 음악을 개척한 인물이자 종결자쯤으로 자리매김 된다. 그 시절 그는 텔레비전에 나오지 않았어도 이미 언더그라운드의 황제였다. 그래서 세상을 떠난 지 23년이 흘렀지만 그의 노래들은 꾸준히 전파를 타고 있다. 〈사랑했어요〉, 〈비처럼 음악처럼〉 등은 자타가 공인하는 발라드 음악의 보석들이다.

사내들의 낭만

그런 가운데 등장한 노래가 바로 〈골목길〉이다. "골목길 접어들 때엔 / 내 가슴은 뛰고 있었지"로 시작되는 노래는 묘한 상상과 함께 사내들의 술자리에서, 대학생 동아리 모임에서, 직장 동료들과의 회식 자리를 끝내고 쓸쓸하게 돌아오는 밤늦은 귀갓길에서 가만히 터져 나온다.

이 곡은 고즈넉한 골목길의 풍경을 오히려 역설적으로 포효하듯 묘사했던 가객 김현식의 존재를 알린 노래다. 갈라지고 탁한, 거칠게 토해내는 듯한 특유의 음색이 돋보이는 〈골목길〉은 포크, 팝, 소울, 록, 블루스, 발라드, 펑크에 이르는 다

신촌 뒷골목의 밤풍경이다.
하숙집 골목길을 오르는
두 남녀의 그림자가 정겹다.

채로운 사운드를 구사한 싱어송 라이터 김현식이 이른바 전설적 인물로 인정받게 되는 계기가 된다.

그런데 왜 골목길이 노래의 배경이 되었을까? 사랑에 빠진 남녀가 만남 후 헤어지는 공간적인 무대는 도회의 경우 대개 골목길이 된다. 남자에게는 기회를 포착하여 한번 포옹해본다든지 아니면 입술을 훔쳐볼 수 있는 절호의 공간인 셈이다. 물론 그러다가 여자친구의 부모에게 들켜 혼나기도 하겠지만 골목길은 그런 장소다. 어쨌든 남자들에게 골목길은 이 같은 욕망의 공간이 된다. 묘한 상상을 하며 여자친구의 창밖을 서성이거나, 아니면 여자 뒤꽁무니를 따라가는 공간인 것이다. 그래서 골목길을 배경으로 한 노래가 끊임없이 등장하지 않을까.

골목길 탄생에는 신촌블루스가 있다. 1986년 4월 신촌의 카페 '레드 제플린'에서 엄인호(기타 · 노래), 이정선(기타 · 하모니카 · 노래), 김현식(노래), 한영애(노래)가 신촌블루스를 결성했다. 이후 많은 보컬이 거쳐 갔지만 김현식은 노래 〈골목길〉을 계기로 단연 독보적인 존재가 된다. 1980년대 창천동에서 하숙생활을 한 나는 지금도 실내장식이 엄청 기괴하고 데카당스한 술집 '레드 제플린'을 잊지 못한다.

지금의 명물골목 초입에 위치한 카페 '레드 제플린'은

'러시'와 함께 그 시절 히피들의 아지트였다. 신촌 일대에서 카페나 소극장 등을 꾸려가던 낭만 히피들은 영업시간이 끝난 뒤인 새벽 2시쯤이면 '레드 제플린'에 꾸역꾸역 몰려들었다. 자욱한 담배 연기 속에 맥주를 마셨으며 누군가는 구석에 숨어 대마초를 돌려가며 피우던 혼돈스러운 주점이었다. 아래층에서는 '감격시대'라는 또 다른 주점이 있었고 옆에는 '미선옥'이라는 유명 설렁탕집이 있었다.

그러나 '러시' 외에 '크로스 아이,' '장밋빛 인생,' '판,' '레지스탕스,' '추바스코,' '섬,' '고박사 냉면' 등 1980년대 신촌을 주름잡았던 명소들은 이제 하나도 남아 있지 않다. 다만 그 시절 신촌 일대를 방황하던 젊음들이 또렷이 기억하는 글귀가 있다. "사람들 사이에 섬이 있다. 나도 그 섬에 가고 싶다." 지금은 없어진 카페 '섬'에 가면 볼 수 있었던 흰 광목천에 검은 묵필로 커다랗게 쓴 정현종의 시 〈섬〉이다.

1980년 문을 열어 자리를 서너 번 옮긴 끝에 간신히 명맥을 유지하고 있는 '러시'는 그 시절 불량한(?) 대학생들이 가장 열광했던 록 카페였다. 엄동설한 그곳에 몰려든 젊음들은 벽난로 가득 활활 타는 통나무 장작을 바라보며 떠나가는 청춘을 노래했다. 그래서 나는 언젠가 〈연세춘추〉에 "신촌의 겨울은 러시 담 옆에 쌓여가는 장작더미에서 시작되며 그 장

아직까지 남아 있는 신촌의 카페들

작이 사라질 때쯤이면 봄이 온 것을 안다"는 내용의 에세이를 기고한 적도 있다. 그런 술자리에서 가끔 전인권, 김현식, 남궁옥분, 정미조 등을 먼발치에서 바라보던 기억이 아련하다.

그뿐인가. 꽃다운 젊음에 세상을 떠난 기형도는 그 시절 신촌에서 곧잘 조우했던 젊은 시인이었다. 신촌의 골목길은 그런 곳이다. 골목길 곳곳에는 숨겨진 술집이 있고 만화방이 있고 장미여관, 은하수여관이 있었다. 김현식의 노래 〈골목길〉은 바로 그런 풍경을 고스란히 상상하게 해주는 마력을 지닌 노래다. 그의 노래에 등장하는 그 시절 신촌 골목길들은 이른바 1980년대 낭만 히피들의 '나와바리'였던 셈이다.

그래서 김현식 그리고 신촌블루스의 무대는 신촌이 제격이라고 한다. 얼마 전 큰 인기를 끌었던 〈응답하라 1994〉도 '신촌하숙'을 배경으로 지방에서 올라온 학생의 서울 생활과 순정을 다루었다. 비록 김현식이 술로 외로움을 달래던 그 시절과는 시간적인 차이는 있지만 1980년대 신촌의 풍경을 미루어 짐작할 수 있겠다.

신촌은 신촌이다. 나도 그랬지만 신촌 하숙생에게는 공통점이 있었다. 어찌어찌해서 가까이 있는 이대생을 한번 꼬셔보려는 음흉한 목적이 그것이다. 그러나 붕어빵에는 붕어가 없듯이 신촌 하숙집에는 이대생들을 찾기가 쉽지 않았다.

여학생 전용 하숙집에 있거나 아니면 친척집에 기거하는 경우가 많았기 때문이다. 그럼에도 불구하고 386세대에게는 하숙집을 매개로 한 결혼도 많고 모임도 많다.

신촌구락부라는 모임도 있다. 인터넷에 검색해보면 '신촌 밤 무대를 주름잡는 건달들의 모임'이라는 그럴듯한 설명이 나온다. 언뜻 들으면 무슨 조폭 단체 같지만 실상은 그게 아니다. 1980년대 초입 대학시절, 신촌 언덕배미 같은 하숙방에서 나뒹굴던 나의 하숙집 친구들의 모임이다. 하기야 친구 부친상에 '신촌구락부' 이름으로 조화를 보냈더니 그동안 괴롭히던 직장 상사가 친구가 '조직'의 일원인줄 알고 놀라 고분고분해졌다는 실제 상황도 있었다. 그렇지만 이름만 거창한, 하숙 친구 모임일 뿐이다.

천박한 소비 문화의 각축장

요즘 세대들에게 생경하겠지만 하숙이란 말은 이 땅의 기성세대들에게는 묘한 향수를 불러일으키는 말이다. 속옷 바꿔 입기는 보통이고, 고향에서 꿀이라도 올라오면 하룻밤 사이 온

아직도 명맥을 유지하고 있는 유일한 록 카페, 우드스탁

데간데없이 사라지기도 했다. 지금의 세대들이 소와 돼지고기를 뜻하는 육군, 계란과 닭고기를 의미하는 공군, 생선을 뜻하는 해군이라는 의미를 알기나 하겠는가. 모두가 곤고했던 시대, 반찬으로 육군을 요구하다 하숙집 아줌마에게 손이 닳도록 살살 빌고 쫓겨나지 않은 하숙집 풍경들은 이제는 빛바랜 전설이 된 지 오래다.

"비틀거릴 내가 안길 곳이 없어" 방황하던 김현식 시대의 신촌은 가고 없고 지금의 신촌은 엄청난 변화를 맞고 있다. 한때 이 땅에서 '젊음의 거리' 또는 '해방구' 쯤으로 인정되던 신촌은 2000년대 이후 홍대입구에 밀려 완연히 사양길이다. 신촌시장 자리에는 현대백화점이 우뚝 서 있고 그 많던 하숙집들도 대부분 사라졌다. 독수리다방, 일명 '독다방'은 2005년에 문을 닫았다가 2013년 1월 실내 인테리어를 바꾸고 다시 문을 열었다. 이른바 신촌 문화는 사라진 지 오래다. 2000년대 이후 신촌은 더 이상 대학 문화가 숨 쉬는 공간이 아니다. 혼잡하고 몰개성한 거리로 천박한 소비문화의 천박한 각축장에 불과하다. 그런데 3050세대 "기쁜 우리 젊은 날" 추억의 장소는 왜 항상 신촌이고 첫 키스는 왜 늘상 골목길에서만 이루어졌을까? 김현식의 노래에 그 답이 있다.

세노야

김광희

세노야 세노야
산과 바다에 우리가 살고
산과 바다에 우리가 가네

세노야 세노야
기쁜 일이면 저 산에 주고
슬픈 일이면 님에게 주네

세노야 세노야
기쁜 일이면 바다에 주고
슬픈 일이면 내가 받네

세노야 세노야

산과 바다에 우리가 살고

산과 바다에 우리가 가네

기쁜 일이면
저 산에
슬픈 일이면
님에게

1968년 봄, 고은과 서정주가 해군 함정을 타고 남쪽바다로 갔다. 서늘한 새벽바람, 멸치잡이 배에서 "세노야" 하는 소리가 들려온다. 고은은 귀를 세운다. 그해 겨울, 종로의 막걸릿집에서 취한 고은이 타령조 한 구절을 읊조린다. 서울대 음대생 김광희가 재빨리 오선지를 채우고, 친구 최양숙이 처음 노래를 뽑았다.

"미당이 사고를 쳤지, 작은 함정 하나 내놓으라고. 그런데 부두에 다가가니 정말 한 척의 해군 함정이 떡하니 버티고 있더군. 그 배를 타고 남해안 바닷가를 돌아다니며 밤새 술을 마셨지. 취하면 자다가, 술이 깨면 다시 마시고. 시간이 많이 흘렀고,

어느 순간 새벽 바람이 서늘하더군. 그런데 저 멀리서 구슬픈 소리가 들려오는 거야, 세야, 노야, 세노야, 세노야, 얼핏 들으면 무슨 민요 같기도 하고…. 가까이 가보니 멸치잡이 배에서 흘러나오더군. 뱃사람들이 멸치잡이 그물을 끌어 올리며 구성지게 부르던 후렴구. 세야, 노야…. 애잔한 선율에 순간 술이 확 깨는 기분이었고, 오랫동안 그 곡조가 잊혀지지 않더군."

일엽편주에 들려오는 소리

1968년 봄, 고은과 미당 서정주는 진해 육군대학 초청으로 문학 강연에 나서게 된다. 당시 고은은 불면증과 심각한 허무주의에 빠져 있었다. 특히 자신의 이름 앞에 '聖(성)' 자를 붙이는 등 스스로를 사회적 파산 상태로 만드는 자폭 행위에 열심이었다. 그러나 이 시기에도 왕성한 저술활동은 계속했던 것으로 추측된다. 널리 알려진 수필집 《G선상의 노을》과 《우리를 슬프게 하는 것들》이 같은 해에 출간되었기 때문이다.

주로 신구문화사의 편집실에 기거하며 최인훈, 염무웅, 신동문과 어울려 술 마시기에 열중하던 그는 용돈이 궁했고 따라서 육군대학 초청은 요즘말로 '당근'이었던 셈이다. 당시 육군대학 총장은 고급장교를 대상으로 한 교양 강좌에 파격적으로 미당과 고은을 동시에 초대했다.

강연 후 가진 저녁 자리에서 술이 몇 순배 돌자 미당이 총장에게 미당스러운 파격적인 생떼를 부린다. 한려수도를 만끽하고 싶으니 옆부대 해군에 부탁해서 작은 함정을 하나 내달아 달라는 것이었다. 이 대목에서 미당은 소동파의 '적벽부赤壁賦'를 상상했다고 전한다.

적벽부, 만고의 명문 아니던가. 인생무상을 느낄 때마다 술과 함께 서로서로를 위로했던 산문시, 동파가 달 밝은 적벽에 지인들과 배를 띄우고 놀다가 인생의 유한함을 절감하는 내용이다. 일엽편주에 몸을 싣고 술잔을 주고받으며 지나온 삶을 돌이켜보니 천지에 하루살이가 붙어 있는 것과 같고 망망대해에 한 알의 좁쌀처럼 보잘것없다는 그 시절 동파의 마음과 미당의 마음이 겹쳐지는 대목이다.

배가 준비되었다. 요즈음 같으면 큰일 날 소리, 당연히 불가능했겠지만 아직은 모든 게 어수룩하던 시절, 멋쟁이 장군이었던 육군대학 총장은 고민 끝에 해군에 부탁하여 두 시인을 위한 소형 함정을 준비한 것이다. 기쁨에 들뜬 시인은 술과 안주를 함정에 가득 싣고 바다로 산보를 떠나게 된다. 멀리 보이는 진해 고절산에는 안개가 자욱하고, 괴짜 시인을 태운 배는 물 맑은 봄 바다를 미끄러져 나갔다.

그 봄 새벽녘 아득한 물안개를 뚫고 '소리'들이 들리기 시작했다. 귓바퀴에 손을 모으고 집중하고 있는 고은의 귀에 청승맞은 소리가 들리기 시작한 것이다. "세에야 노오야 세에에 노오오야" 하는 소리는 남해안 인근 바다에서 어부들의 입에서, 손끝에서 나오고 있었다. 그물을 당겨 올릴 때 지르는 일종의 장단 맞추기 또는 흥얼거리는 후렴구였다.

함정이 가까이 다가서자 멸치 잡는 풍경이 한껏 펼쳐졌다. 파도는 굴곡진 뱃전에 포말을 만들고 있고, 고기 잡는 어부들의 동작 또한 또렷했다. 미당은 술에 취해 나가 골아 떨어진 지 오래, 혼자 남은 고은이 흥얼거렸다.

산과 바다에 우리가 살고
기쁜 일이면 저 산에 주고
슬픈 일이면 님에게 주리

이렇게 흥얼거리며 기억된 시구는 뒷날 절창의 노랫말로 쓰이게 된다.

깊은 겨울밤의 노래

발표 이래 수십여 년 동안 클래식 반열에 올라 한국인들을 위무해온 〈세노야〉의 노랫말은 이렇게 탄생했다. 그러나 가사가 노래로 등장하기까지에는 반년이라는 시간이 더 필요했다. 탄생에 관해 전해 오는 여러 각기 다른 자료를 취합해 따져 보면 〈세노야〉의 탄생 장소는 남해가 아니라 서울 동숭동 언저리 선술집이다. 노래는 술김에 그것도 아주 우연히 즉흥적으로 지어졌다는 것이다.

1968년, 겨울이 깊을 대로 깊은 12월이었다. 아직은 서울대학교가 건재하던 동숭동 입구 종로5가 선술집 한구석에서 주거니받거니 마시기 시작한 술자리가 이미 자정을 넘긴 채 새벽이 가까워오고 있었다. 이른바 낭만시대였다.

"어이 스님! 노래 한 곡 불러보슈. 시인입네, 허무주의자입네, 완전한 예술지상주의자입네 떠벌리지 말고 노래나 한 곡 불러주소."

이미 자제력을 잃은 최경식(당시 이화여고 음악교사로 현재 미국에 거주)은 절친 고은에게 노래 한 자락을 강요하고 있었다. 옆자리에 앉은 그의 누이 동생인 최양숙(성악가이자 가수,

당시 서울대 음대 재학)은 그런 풍경을 재미있다는 듯이 지켜보고 있었다. 고은은 난처했다. 동갑내기인 최경식과는 호형호제하는 친구 사이라 그렇다손 쳐도 최양숙, 또 최양숙의 성악과 동기생인 여대생 김광희(당시 서울대 음대 재학, 현재 미국 거주)까지 재미있다는 듯 턱을 괴고 바라보는데 미칠 지경이었다고 회고한다.

밤이 깊었다. 종로5가의 선술집은 점차 조용해지고 옆자리 손님들도 떠난 지 오래다. 술에 취해 고은을 괴롭히던 최경식도 이미 곯아떨어진 지 오래. 텅 빈 선술집 실내를 둘러보던 고은은 실내를 채운 적막감을 주체치 못하다가 마침내 노래인지, 소리인지 모를 타령조의 한 구절을 읊어 내리기 시작한다.

세노야, 세노야
산과 바다에 우리가 살고
산과 바다에 우리가 가네

세노야 세노야
기쁜 일이면 저 산에 주고
슬픈 일이면 님에게 주오

고은이 누에가 실을 뽑듯, 선무당이 도끼 칼날에 올라서 설움에 겨운 사설을 늘어놓듯 한마디, 한마디씩 노랫말을 뽑아냈다. 이 풍경을 지켜보던 김광희가 손으로 오선지를 그리고 콩나물 대가리를 채워 넣기 시작했다. 술기운은 이제 더 이상 선술집 안에 찾아보기 힘들었다. 빨간 백열등을 감싸 안은 밤안개만이 잠시 동안의 적막을 채워줄 뿐. 음표 붙이기를 끝낸 김광희가 작곡을 마치기 무섭게 그 고요함을 뚫고 최양숙이 구겨진 오선지를 잡고 노래를 뽑기 시작한다.

이것이 노래 〈세노야〉의 탄생 설화다. 그러나 작곡가 김광희 기억은 다르다. 그는 선술집에서 즉흥적으로 만들어졌다는 고은 선생의 기억과는 달리 당시 자신이 기독교방송 피디로 일할 때 방송국의 요청으로 작곡했다고 말한다. 고은 선생 등 당시 저명 예술인과 자주 어울렸지만 그날 밤의 기억은 고은 선생이 흥에 취해 다소 오해하고 있는 것 같다고 전했다.

일부에서는 〈세노야〉의 무대가 고은의 고향인 전북 군산 옥구 앞바다라고 하나 이는 전혀 근거 없는 말이다. 나는 최근 고은 선생과 만나 그 시절 얘기를 또렷하게 들었다. 정리하자면 노래의 부모는 고은과 김광희이고 모티브을 얻은 장소는 남해 진해와 통영 앞바다, 그리고 노래가 탄생한 장소는 종로 5가 막걸리집 또는 김광희의 집이다. 또한 〈세노야〉는 당연히 최초 녹음한 성악가 최양숙의 노래다.

최양숙은 서울대 음대 성악과 출신이라는 특이한 이력으로 1960~70년대를 풍미했던 최초의 여성 샹송 가수다. 지금도 그렇지만 당시 성악가에서 대중가수로의 변신은 충격적으로 받아들여졌다. 1938년 함경남도 원산에서 태어나 1·4 후퇴 때 가족과 함께 월남항 마산 무학여중에 다녔다. 종전 후 서울로 올라와 서울예고를 거쳐 서울대 음대 성악과에 진학했다. 대학교 2학년 때 오페라 〈라 트라비타〉에 출연했을 때만 해도 그녀의 꿈은 오페라 가수였다.

대중음악과의 인연은 그해 KBS 합창단원으로 몇 달간 동남아 순회공연을 떠나면서 시작되었다. 오랜 항해의 지루함을 잊기 위해 선상의 즉석 음악경연대회에 출연했는데, 그곳에서 〈자니 기타Johnny Guitar〉를 불러 큰 호응을 얻었다. "가수로 전향해보라"는 주위 사람들의 권유로 대중가수로 외도를 시작했다. 쓸쓸함이 담겨 있는 독특한 저음의 음색으로 인해 그의 노래는 일반 대중보다는 주로 지식인 마니아들의 사랑을 받았다.

그런 연유로 사람들은 최양숙의 노래인 〈세노야〉를, 이 곡을 대중에게 널리 알린 양희은의 노래로 기억한다. 당시 서강대 학생이던 이십 대 초반의 양희은이 이 노래를 부르면서

대학가의 주목을 받았다. 비교적 심플한 곡조로 기타 연주가 쉬워 통기타와 청바지 세대인 이른바 '세시봉' 세대들에게 폭발적인 인기를 끌게 된다.

대성리에서, 강촌에서 엠티가 끝나는 이슥한 밤에는 어김없이 〈세노야〉가 불렀다. 구성지면서도 유장한 가락은 한국인의 고유 정서인 한恨을 깊숙이 묘사하고 있다. 그래서 〈세노야〉가 불려질 때쯤이면 격렬했던 토론도, 모닥불도 사위었으며 대개는 술에 취해 훌쩍거리거나 친구 어깨에 기대어 잠이 들었다.

노래가 된
고은의 시들

고은 이야기로 넘어가자. 해마다 노벨문학상의 계절이 오면 주목받는 시인이 고은이다. 1933년 태어나 1958년 〈현대문학〉을 통해 등단했으며, 1960년 첫 시집을 발표한 이후 지금까지 시, 소설, 평론 등 155권의 저서를 출간했다. 그의 작품은 20여 외국어로 50여 권이 번역되었다. 불가와 속가를 넘나들며 파란만장한 현대사를 온몸으로 껴안았고, 비장하고도 격렬한 그의 시들은 압제에 시달린 한국인들의 가슴에 불을 질렀다.

그의 시에는 저항의 정신이 넘친다. 안타깝게도 수상에 이르진 못했지만 동시대 다른 생존 문인들과 비교가 되지 않을 정도로 저만큼 우뚝 서 있다. 그러나 그가 해마다 후보로 언급되는 것은 가열찬 비판 정신이 한몫했을 것이다. 그래서 반골 시인 고은이 만들어낸 서정적이고도 애잔한 노랫말에 사람들은 고개를 갸우뚱하게 된다.

사실 고은의 시가 대중가요로 변신한 것은 딱 3곡이다. 모두가 불후의 명곡으로 〈세노야〉, 〈작은 배〉 그리고 〈가을편지〉다. "얼어붙은 달그림자 물결 위에 지고 / 한겨울에 거센 바다 지키는 사람들"로 시작되는 동요 〈등대지기〉 역시 외국 민요에 고은이 노랫말로 붙인 것이다. 대중에게는 김민기와 최양숙이 번갈아 부른 〈가을편지〉가 단연 돋보인다.

> 가을엔 편지를 쓰겠어요. 누구라도 그대가 되어
> 받아주세요. 낙엽이 쌓이는 밤
> 가을엔 여자가 아름다워요

이렇게 시작되는 〈가을편지〉는 해마다 가을이 되면 만인의 '엘레지'가 되어 우리 주변에 울려 퍼진다. 노래에 담긴 계절의 질은 고독감과 통속적이기까지 한 서정성은 세대를 초월하며 이 노래에 불멸의 생명력을 부여했다. "낙엽이 흩어진 날, 모르는 여자가 아름다워요"라는 대목에서 가을병을 앓지 않을 한국인이 과연 몇이나 되겠는가.

작곡자인 김민기는 물론이고 양희은, 최백호, 이동원, 조관우를 비롯하여 최근에는 보아까지 이 노래를 리메이크했다. 이 노래를 들으면 누구나 서툴지라도 손 편지를 써보고 싶은 충동에 사로잡히게 된다. 그리고 그 편지는 받는 이의 가슴에 작은 행복으로 오래도록 기억될 것이다. 가수 조동진이 불러 유명해진 〈작은 배〉 역시 명곡으로 대단히 철학적인 노래다.

배가 있었네 작은 배가 있었네
아주 작은 배가 있었네
배가 있었네 작은 배가 있었네
아주 작은 배가 있었네

라라라라라 라라라라라
작은 배로는 떠날 수 없네
멀리 떠날 수 없네
아주 멀리 떠날 수 없네

그러나 고은의 노래 중 최고는 역시 〈세노야〉다. 반세기 가까이 한국인들의 사랑을 받아온 만인의 클래식 포크가 아니던가. 그래서 이 노래가 시인과 음대 여대생이 야밤에 술자리에 어울려 지은 노래라는 확인되지 않은 소문까지 사람들에게 더욱 매력적으로 비춰진다. 어려웠던 시대, 극도로 절제된 슬픔이 절절히 배어 있는 노래이고, 더구나 저항 시인 고은의 작품이라고 믿기지 않을 만큼 애상적이고도 숙명적인 슬픔의 노래다. 그래서 노래는 불러도 슬프고 들어도 슬프다. 비록 세시봉 세대의 노래이지만 386세대인 지금의 기성세대에게도 청춘의 노래였다. 그래서 〈세노야〉를 가만히 듣고 있노라면 강촌 어디 사위어 가는 모닥불 앞에서 사랑과 고민을 속삭이던 그 시절 스무 몇살의 청춘들이 그려진다. 봄이 문턱을 넘어섰다.

#04

4장.

불멸의 시대에 바치다

人生一曲

북한강에서

정태춘

저 어둔 밤 하늘에 가득 덮인 먹구름이
밤새 당신 머릴 짓누르고 간 아침
나는 여기 멀리 해가 뜨는 새벽강에
홀로 나와 그 찬물에 얼굴을 씻고
서울이라는 아주 낯선 이름과
또 당신 이름과
그 텅빈 거릴 생각하오
강가에는 안개가, 안개가 가득 피어나오

짙은 안갯속으로 새벽강은 흐르고
나는 그 강물에 여윈 내 손을 담그고
산과 산들이 얘기하는
나무와 새들이 얘기하는
그 신비한 소릴 들으려 했오

강물 속으론 또 강물이 흐르고
내 맘속엔 또 내가 서로 부딪히며 흘러가고
강가에는 안개가 안개가 또 가득 흘러가오

아주 우울한 나날들이 우리 곁에 오래 머물때
우리 이젠 새벽강을 보러 떠나요
과거로 되돌아가듯 거슬러 올라가면
거기 처음처럼 신선한 새벽이 있오
흘러가도 또 오는 시간과
언제나 새로운 그 강물에 발을 담그면
강가에는 안개가, 안개가 천천히 걷힐거요

그의
노래에는
설움에 쩐
소주 냄새가 난다

〈시인의 마을〉을 불렀던 음유시인은 1980년대, 격동의 시간을 보내며 운동가로 변신했다. 그러나 그는 끝내 거칠어지지 않았다. 묵직한 시대정신을 담아냈지만 생경하지 않았다. 누군가는 여전히 그의 노래에서 깊은 산사의 풍경 소리를 떠올렸다. 하지만 그는 오로지 노래를 통해 말했다. '언젠가 이 어둠이 지나면 그토록 목말라 하던 새로운 시대가 온다'고.

테이프를 집어넣고 피아노 건반처럼 생긴 버튼을 꾸욱 누르면 노래가 흘러나오는 책 크기만 한 기계가 있었다. 이름하여 카세트 레코더다. 30여 년 전 얘기다. 브랜드는 당연히 소니였고 서너 시간을 계속 들으면 열로 인해 모터를 돌리는 줄이 늘어나는 바람에 고운 노래가 갑자기 외계인 음성처럼 들리던 그런 기계다. 원하는 노래를 콕 집어서 그것도 깜찍한 스마트폰으로 듣는 지금의 시대에는 도무지 상상이 가지 않는 얘기가 되겠다.

나는 그때 우연히 한 가수의 노래를 들었다. 그리고 그 노래가 주는 그윽하고 깊은 울림에 진한 감동을 느꼈다. 그가 정태춘이고 그때 들은 노래가 〈시인의 마을〉과 〈촛불〉이다. 진부한 표현이긴 하지만 그의 초기 노래들은 한 편의 시에 가깝다. 인간의 심장을 위무하는 묵직한 메시지가 있다. 몇 년 전 타계한 조르주 무스타키Georges Moustaki가 인기를 모으던 그 당시 이 땅에도 '음유시인' 또는 '노래하는 철학자' 같은 말들이 유행했고 왠지 모르게 근사해 보이는 이 말들이 어울리는 사람이 몇몇 있었다. 그중에서 정태춘은 여기에 딱 들어맞는다는 생각을 해보게 된다.

음유시인의 아픈 비명

나는 그의 노래를 들으면서 음유시인이라는 수식어가 주는 특별한 의미를 이해하게 되었고 여백과 울림이 주는 노래가 가

능하다는 것을 처음으로 알게 되었다. 정태춘의 노래에 익숙한 지금의 기성세대들은 아마 대부분 나와 비슷한 생각을 할지도 모르겠다. 그 시절, 막 대학생이 되었던 나는 정태춘이 부르는 묘한 분위기의 노래를 듣는 밤이면 왠지 외롭고 가슴이 내려앉는 것 같았다. 그래서 하숙집 선반에 숨겨져 있던 소주를 한 잔 마시고 나서야 잠이 들었다.

정태춘은 1954년생이다. 경기도 평택에서 농부의 5남 3녀 중 일곱째 아들로 태어났고, 평택 초·중·고등학교를 졸업했다. 학창시절 독학으로 배운 기타를 통해 음악적 재능을 보였다. 음대 진학에 실패하고 방황하다가 군에서 전역한 이후 그간 습작했던 자작곡들을 모아 만든 첫 앨범 '시인의 마을'(1978)을 발표하면서 가수로 데뷔한다. 이 앨범에서 〈시인의 마을〉과 〈촛불〉, 〈사랑하고 싶소〉, 〈서해에서〉 등의 노래가 인기를 얻으며 주목을 받았다. 이때까지만 하더라도 그의 노래들은 짙은 서정성, 시적인 가사 등으로 설명되며 보통의 가수와는 다른 조금 특별난 가수 정도로 인식된다. 하지만 그의 노래들은 혼란스러운 격동의 1980년대를 맞으며 서서히 변하게 된다.

1980년대 후반 어느 순간 정태춘의 노래는 낯설어지기 시작했다. 한국사회의 정치적 변혁기였던 1987년 6월 항쟁을 거치면서 그는 사회 현실에 대해 보다 직접적인 비판을 담은 노래들을 발표했다. 노래 곳곳에 묵직한 시대정신Zeitgeist이 담겨지면서 노래에는 깊고 그윽한 서정 대신에 아픈 비명이 자리 잡는다. 그는 텔레비전 화면에서 사라졌으며 소용돌이치는 현장에서 운동가의 모습으로 나타났다. 전교조 모임, 파업 현장, 사전검열 철폐 집회, 미군부대 이전 반대 시위 현장 등에서, 가수가 아니라 활동가의 모습으로 등장한다. 가수보다는 문화운동가라는 수식어가 더 어울리는 사람으로 변해간 것이다.

당연히 그의 노래들도 변했다. 대중들이 감탄했던 웅혼한 감성과 시적 노랫말이 있던 자리에는 전투적이고 선동적인 단어들이 대신한다. '노래를 찾는 사람들'의 레퍼토리 같은 느낌이 물씬 풍겨나는 곡들이다. 그래서 이른바 '오리지널' 그의 노래를 사랑한 사람들은 그런 그에 속상해하고 안타까워했고, 또 조급한 어떤 이들은 그의 곁을 떠났다. 그러나 그는 "공허한 서정성은 필요 없다"라는 주장과 함께 점점 더 거친 저항의 노래를 불렀고 그런 그를 어색해하는 사람들이 하나둘 늘어갔다.

그럼에도 불구하고 그는 '세상을 바꾸는 노래'를 열심히 불렀다. 지금과는 달리 대중 가수의 사회 참여가 낯설었고 더러는 진정성조차 의심받던 시절, 정태춘은 무소의 뿔처럼 고난의 행군을 저 혼자 계속해간다. 각종 대중 집회나 시위 현장에서 검정 고무신을 신고 북을 치면서 노래하기도 했다. 데뷔 시절 만나 결혼한 가수 박은옥은 이 시기 훌륭한 지원자였다.

우리도 흐르는
강물 같아서

그런 와중에 등장한 노래가 〈북한강에서〉다. 금강산 자락에서 시작된 북한강은 남녘을 향해 쉼 없이 흘러와 경기도 양평군 양서면 양수리에서 끝난다. 강은 여기서 남한강과 합쳐져 한강이 된다. 북한강은 팔당호를 비롯하여 청평, 의암, 춘천, 소양, 파로호 등 댐이 만들어낸 호수들을 품고 있다. 송창식 등 강변의 풍광을 좋아하는 예인들이 강기슭 여기저기에 둥지를 틀고 있다. 그래서 강 양안에는 크고 작은 갤러리들이 산재해 있다. 그러나 노래 〈북한강에서〉는 이런 낭만적인 풍광과는 거리가 있다. 노래에는 낭만을 넘어선 깊은 비감, 대도시에서 오는 비극적 서정 같은 것들이 담겨 있다.

삼십 대 어느 날 새벽, 그는 예비군 동원훈련에 소집된다. 서울 근교 초등학교 운동장에 소집당한 개구리복의 삼십 대 예비군 아저씨들은 지금은 없어진 대한통운 트럭에 짐짝으로 던져졌다. 호로도 없는 트럭은 새벽 강 안개를 뚫고 동원훈

련장이 있던 북한강변을 쉴 새 없이 달렸고 감수성이 빼어난 낭만적인 삼십 대 아저씨는 개구리복을 입은 그 순간에도 노랫말을 메모하고 콩나물 대가리를 열심히 그려댔다.

그해 예비군 동원훈련이 끝나고 발표된 노래가 바로 〈북한강에서〉다. 한때 시인협회가 선정한 우리 시대 최고의 노래로 꼽힌 노래는 아이러니컬하게도 군사훈련 일주일 동안 만들어진 것이다. 이 땅에서 군복을 입으면 누구나 ×가 된다는 속설과는 대조적으로 그는 개구리복 속에서 우울하고 무거운 비극적 서정을, 그러나 몹시도 결이 고운 노래를 뽑아낸 것이다.

음울한 중저음의 목소리로 부르는 정태춘의 노래를 듣는 사람들은 문득 자신이 강바닥으로 가라앉는다는 느낌을 받는다. 노래는 8년 앞서 발표된 정희성의 시 〈저문 강에 삽을 씻고〉와 일맥상통한다는 느낌을 준다.

흐르는 것이 물뿐이랴
우리가 저와 같아서
강변에 나가 삽을 씻으며
거기 슬픔도 퍼다 버린다
일이 끝나 저물어

스스로 깊어가는 강을 보며
쭈그려 앉아 담배나 피우고
나는 돌아갈 뿐이다
삽자루에 맡긴 한 생애가
이렇게 저물고 저물어서
샛강바닥 썩은 물에
달이 뜨는 구나
우리가 저와 같아서
흐르는 물에 삽을 씻고
먹을 것 없는 사람들의 마을로
다시 어두워 돌아가야 한다

— 〈창작과비평〉, 1977

흐르는 강물을 바라보며 삶의 고단함을 반추하는 중년 노동자의 모습을 통해 가난한 자들의 아픔을 그려내고 있다는 점에서 노래와 시는 얼마간의 공통점을 공유하고 있다. 노래 〈북한강에서〉는 절제된 감정과 차분한 어조로 우리 시대의 현실과 핍박받으며 살아가는 도시 인간의 슬픔을 노래했다고 한다. 자신의 목소리와 신념을 드러내 강조하지 않고 새벽 강변의 안개 낀 풍경을 통해 삶의 현장을 시각적으로 형상화함으로써,

북한강 철교

현실참여 노래의 한계를 극복해낸 점이 돋보인다는 평가다.

그러나 시대를 거쳐 오면서 그에 대한 평가는 혼란스럽다. 어둠의 시대, 새벽을 알리는 깊은 울림이라는 상찬이 있는가 하면 지나치게 사회변혁에 몸담아온 데 대한 안타까운 비판의 소리가 있다. 그럼에도 불구하고 그의 노래가 지니는 짙은 서정성과 아름다운 선율, 호소력 짙은 잘 발효된 음색 등을 부정하기 어렵다.

일몰의 고갯길을 넘어가는

그래서 그의 노래들은 그 시절 어둠의 공간에서 불리었던 다른 운동권 노래들과는 확연히 구별된다. 권위주의 시대를 관통했던 수많은 저항가요들의 경우 대개 분노와 저항을 날것으로 품고 있지만 정태춘의 노래들은 거칠고 생경한 대목은 찾아보기 힘들다. 때문에 그가 사회변혁 운동에 지대한 관심을 가지고 있다는 배경 설명을 사전에 듣지 못한 사람들은 그의 노래를 그저 아름답고 서정성 짙은 한편의 시적 가요로 들을 뿐이다. 누군가는 깊은 산사에서 듣던 풍경 소리 같다고 평가

한 이도 있다. 그러나 그의 노래를 들은 사람들은 언젠가는 어둠의 시대가 끝나고 그토록 목말라 하던 새로운 시대가 온다는 희망을 비로소 깨닫게 된다.

그러나 북한강은 정태춘이 노래했던 30년 전 그 시절 강이 아니다. 이른바 4대강 개발 사업으로 강은 콘크리트 옷으로 완전히 갈아입었다. 소박하고 고즈넉했던 강의 모습은 이제 어디에도 없다. 인공의 흔적이 강 전체를 뒤덮고 있다. 끝없이 늘어선 음식점들과 카페, 러브호텔들이 "산들이 얘기하는 나무와 새들이 얘기하는 / 그 신비한 소리를 들으려 했던" 노랫말의 낭만을 깡그리 지워버린다. 장어구이, 청국장, 갈치조림, 토종닭, 참붕어찜, 설렁탕, 김치말이 국수, 올갱이국, 우렁쌈밥집 사이로 에메랄드, 텔레파시, 힐타운, 베네치아, 알프스, 잉카 등이 둥지를 틀고 있다. 점령군처럼 우뚝 선 강변의 러브호텔들이다.

그 옛날 북한강의 풍경을 찾기 어려운 것처럼 이제 가수 정태춘을 만나기는 쉽지 않다. 가고 오는 세월 많은 사람들이 그의 노래가 던지는 깊은 의미를 비로소 알게 된 지금, 그러나 '한국의 밥 딜런'이란 비유가 외려 부족한 느낌의 그는 이제 대중의 곁을 떠나 점점 더 은둔의 세계로 들어가고 있다. 그는 스스로 '일몰의 고갯길을 걸어가는 고행의 방랑자'가 되고 있다.

부용산

안치환

부용산 산허리에 잔디만 푸르러 푸르러
솔밭 사이 사이로 회오리바람 타고
간다는 말 한마디 없이 너만 가고 말았구나
피어나지 못한 채 붉은(병든) 장미는 시들었구나
부용산 산허리에 하늘만 푸르러 푸르러

그리움 강이 되어 내 가슴 맴돌아 흐르고
재를 넘는 석양은 저만치 홀로 섰네
백합일시 그 향기롭던 너의 꿈은 간 데 없고
돌아서지 못한 채 나 외로이 예 서있으니
부용산 저 멀리엔 하늘만 푸르러 푸르러

병든
장미는
뙤약볕에
시들어간다

슬픈 노래 〈부용산〉을 들으면 외로워진다. 노래는 지나치게 처연하고 넘치게 아름답다. 애상이 가슴을 꾹꾹 찌르고 있지만 깊고 그윽한 격조를 유지하고 있다. 굳이 유식한 말로 표현하자면 애이불비哀而不悲다. 슬프지만 겉으로는 결코 슬픔을 나타내지 아니하고 남루하지 않다.

역사의 시계를 몇 년 전으로 돌려보자. 부엉이 바위의 비극이 발생하기 22일 전, 노무현 전 대통령이 검찰에 소환되고 한나라당이 재선거에서 전패한 2009년 4월 30일 밤이다. 서울 종로구 운현궁 뒤켠 주점 '낭만'에서는 애절한 노랫소리가 끊이지 않았다. 신기하게도 부르는 목소리는 각기 달랐으나 노래는 딱 한 가지, 대중에게는 낯선 단 한 곡의 노래를 번갈아 가며 정성을 다해 부르고 있었다.

모인 사람들은 이름만 대면 누구나 알 만한 정관계와 문화계를 움직인 쟁쟁한 인사들이었다. 이들이 이날 이 허름한 주점을 찾은 이유는 간단하다. 저마다 노래 〈부용산〉을 돌아가며 부르고 또 듣기 위함이었다. 딱 한 곡을 두고 40여 명이 젖 먹던 내공까지 다해 노래를 부르는 해괴한 풍경이었지만, 시간이 흐르면서 술자리는 점차 비장감마저 넘쳐흘렀다.

서울 종로구 운현궁 뒷켠 허름한 골목길에 위치한 낭만식당

어떤 이는 남도 민요조로, 또 어떤 이는 엄숙한 성악풍으로, 부르는 이마다 간절함을 더해 각기 다른 가락을 뽑아냈다. 저마다 노래에 사연들을 녹여내며 〈부용산〉을 불렀고, 한쪽 구석에서는 숨죽여 훌쩍거리는 소리도 터져 나왔다.

무슨 사연이 있고 무슨 까닭이 있기에 이다지도 많은 사람들이 단 하나의 노래를 구슬프게 부르고 또 부르고 있는 것일까?

누구도 이기지 못한 날,
그 노래를 부르다

거슬러 본 사연은 노랫가락만큼이나 기구하고 애절하다. 한때 이 땅에서 〈부용산〉을 부르면 곧바로 당국에 끌려가던 시대가 있었다. 그래서 사람들은 뒷골목 술집에서 주위를 살피며 숨죽여 노래를 불렀다. 단장이 끊길 듯한 노래는 오랜 시절 금지곡으로 묶여 박제화되었다가 1980년 후반 민주화와 더불어 햇빛을 보게 되고 조금씩 일반 대중에게 다가가게 되었다.

그러던 어느 날 언론인이었던 남재희 전 노동부 장관과 서상섭 전 국회의원, 김도현 전 문화부 차관 등이 〈부용산〉

을 흥얼거리다가 '(악보가 없어) 사람마다 곡조가 다르니 누구 노래가 더 나은지 한번 겨뤄보자'라고 의기투합했다. 이를 들은 이두엽 교수(군산대)가 이날 행사를 기획하고 진행했다. 악보마저 금지되어 오랫동안 구전으로 전해온 연유로 음정도 박자도 제멋대로인 노래이지만 이참에 마음 터놓고 한번 불러보자며 '작당'한 것이 바로 이날 노래 한마당이었다. 이날 노래자랑은 〈한겨레〉에 이같이 소개되면서 일부에게 알려지게 된다.

> 이날 노래자랑에는 김도현 씨가 심사위원장을, 소리꾼 임진택 씨가 사회를 맡았다. 더벅머리의 송상욱 시인이 기타의 트로트풍 선율에 맞춰 나긋한 음색으로 〈부용산〉 가사를 곱씹었고 지역 대표라는 벌교의 쪽물 염색 장인 한광석 씨는 시원시원하면서도 구슬픈 여음 남는 목소리로 박수를 받았다. 감옥에서 노래를 익혔다는 운동권 출신의 서상섭 전 의원은 낭랑한 저음을 깔았다.

> 피어나지 못한 채 병든(붉은) 장미는 시들어지고
> 부용산 봉우리에 하늘만 푸르러 푸르러

> 한국 전쟁 때 낙오한 인민군 장교에게 가락을 처음 들었다는 이계익 전 교통부 장관은 아코디언으로 애달픈 선율의 〈부용산〉을 들려주었고, 연주는 곧 합창으로 바뀌었다.

누가 누가 잘하나, 이날 노래시합은 인사동에서 주점 '소설'을 운영하는 재야가수 염기정의 차례에서 절정에 이르렀다. 문인들이 읊조린 노래를 어깨 너머에서 들으며 외웠다는 그는 매혹적인 탁성으로 고즈넉하게 〈부용산〉을 불러 열광적인 앙코르 요청을 받았다. 분위기가 이슥해지자 김도현이 불콰한 얼굴로 일어났다.

"오늘은 진보, 보수 모두 실패한 날, 누구도 이기지 못한 날입니다. 노래를 들으며 좌절과 절망을 추억하고, 희망과 낙관을 떠올려 봅시다."

이날 심사 결과는 끝내 나오지 않았다. 대신에 그들은 밤늦도록 술잔을 기울이며 부용산과 자기네 삶에 얽힌 이야기꽃을 피웠다. 〈부용산〉이 엮어낸 애잔한 풍류의 밤이었다는 게 〈한겨레〉가 전하는 내용이다.

〈부용산〉은 슬픈 노래다. 누구나 한번 듣게 되면 그 비장미에 온몸을 부르르 떨게 된다. 당초 출발은 한 요절한 누이를 추모하는 현대판 〈제망매가〉쯤 되는 노래였지만 세월을 잘

못 만나 1960~80년대에는 저항가요로 한 시대를 장식한다.

> 부용산 산허리에 잔디만 푸르러 푸르러
> 솔밭 사이사이로 회오리바람 타고
> 간다는 말 한마디 없이 너만 가고 말았구나

1960년 묵은 구전가요 〈부용산〉은 이렇게 시작된다. 이 곡은 본디 1947년 목포 항도여중에서 교사로 재직하던 시인 박기동(1917~2004)이 24살 젊은 나이에 요절하여 전남 벌교 부용산 자락에 묻은 누이를 추모해 지은 시였다. 여기에 같은 학교에서 교편을 잡던 음악교사 안성현이 열여섯 여학생 제자의 갑작스런 죽음을 안타까워하며 선율을 붙였다고 한다. 작곡가 안성현은 일반 대중에게는 낯선 음악가이다. 그러나 그가 소월의 시에 가락을 붙인 그 유명한 〈엄마야 누나야〉의 작곡자라면 누구나 고개를 끄덕이게 된다.

일제 치하에서 우리 민족의 슬픔을 애절하게 노래한 〈엄마야 누나야〉의 작곡가가 일반에게 알려진 건 얼마 되지 않는다. 오랜 세월 교과서와 노래집에는 '김소월 시, 작곡가 미상'으로 나와 있었기 때문이다. 전남 나주 출신인 그는 6·25 당시 월북했으며 북한 국립교향악단 단장을 역임했다고 전

노래 〈부용산〉의
실제 무대가 되는
벌교읍 뒷편의
부용산 원근 풍경이다.

한다. 그런저런 이유로 노래 〈부용산〉의 작곡자는 지난 권위주의 시대, 그 오랜 세월 수면 아래로 사라지고 작곡자 이름은 백지로 남게 된다.

숨겨져 왔던 저항가요

그러나 노래는 해방 공간의 폐허가 된 시대적 정서에 맞물려 호남 전역에서 소리 소문 없이 인기를 끌며 퍼져 나갔다. 특히 전라남도에서 유행한 이 노래는 '좌익'들에게는 자신들의 군가마냥 받들어지며 애창되었다. 실제로 지리산, 회문산 일대 골짜기의 달 밝은 밤이면 두고 온 고향을 그리워하는 빨치산들이 워낙 구슬프게 불러대는 바람에 인근 마을 사람들까지 밤잠을 설쳤다고 한다.

애당초 이념과는 전혀 무관했던 이 곡이 금지곡이 된 데에는 이처럼 빨치산이 즐겨 불렀다는 이유가 한몫하고 있다. 사실 빨치산들도 노래에 이념성을 넣어서 불렀다기보다는 자신들의 처지가 고달파 불렀겠지만 여순사건 등을 거치면서 노래는 당국에 의해 엄격히 금지된다.

이 여파는 작곡자 안성현에게 옮겨져 1949년 안성현은 면직처분을 받았고 6·25 전쟁이 발발하자 월북해 버렸다. 난데없이 유탄을 맞게 된 작사자인 박기동 시인 역시 살아남기 위해 자신이 〈부용산〉의 작사자임을 철저히 숨겼다. 하지만 계속되는 당국의 가택 수색, 연금 등을 피해 호주로 이민하게 된다. 이 같은 연유로 인해 지하로 깊숙이 숨었던 노래는 1960~80년대 운동권, 진보 지식인들에게 작자 미상의 구전 저항가요로 은밀하게 전해져 왔다. 권위주의 시대, 극히 일부에게 전해지며 겨우 명맥을 이어오던 노래는 1980년대 후반 우리 사회의 민주화를 계기로 드디어 대중에게 존재감을 드러내게 된다. 그 뒤 가수 안치환이 음반을 낸 것을 기점으로 한영애, 윤선애, 이동원, 국소남 등 많은 가수들이 경쟁하듯 불렀지만 실체를 아는 일반인들은 여전히 손에 꼽을 정도다.

부용산을 향한
애정

호남인의 애창곡인 〈부용산〉의 실체가 일반 대중에게 알려지면서 노래는 연고를 주장하는 지역 갈등의 씨앗이 되는 또 다른 기이한 운명을 만난다. 전술한 바와 같이 노래는 목포 항도여중에 음악교사로 재직하던 안성현이 당시 사랑에 빠졌던 미모의 여제자의 죽음을 애도하기 위해 작곡했다는 일부의 주장에 따라 한동안 목포의 노래로 인정받아왔다. 그러나 뒤늦게 벌교번영회가 중심이 된 열혈 벌교 주민들이 이에 반발하며 〈부용산〉을 벌교의 노래로 선언한다. 이쯤 되면 노래 한 곡을 두고 두 지역이 '원수'가 된 상황이다.

〈부용산〉을 향한 벌교 주민들의 정성은 뻗쳤다. 그들은 목포에 빼앗긴 노래를 되찾기 위해 특별 위원회를 구성하고, 꼬막을 팔아 번 돈으로 성금을 모아 호주로 떠났다. 호주에 이민 가서 살고 있는 작사자 박기동 시인을 만나기 위해서다.

박기동 시인이 폐병으로 사망한 누이동생을 벌교의 뒷산 부용산 자락에 묻고 오며 시를 지었고, 항도여중 재직 당시 동료교사였던 안성현이 노랫가락을 붙였다는 당사자의 실체적 진실을 확보한 벌교 주민들은 마침내 〈부용산〉을 벌교의 노래로 선언한다. 그 뒤 해마다 벌교 꼬막 축제 등 크고 작은 벌교 행사에는 반드시 노래 〈부용산〉을 의무적으로 부르도록 했다. 박 시인은 1987년 〈부용산〉이 해금되고 그 뒤 노래가 재조명되자 2002년 일시 귀국해 산문집 《부용산》을 출판했고, 노래가 벌교의 노래임을 다시 한 번 확인해줬다. 그는 이후

2003년 호주 생활을 청산하고 영구 귀국했으나 이듬해인 2004년 그야말로 파란만장한 생을 마쳤다.

벌교 주민들의 〈부용산〉에 대한 사랑은 용광로보다 뜨겁다. 노랫말이 1절밖에 없어 아쉬운 나머지 박 시인에게 청을 넣어 2절 노랫말까지 근사하게 만들었다. 당연히 지금의 2절 가사는 원곡보다 수십 년 뒤에 추가로 지은 것이다. 주민들은 성금을 걷어 벌교 뒷산 부용산 오솔길에 큼지막하게 화강암으로 노래비를 세우고 내친 김에 산책로까지 조성했다.

그러나 벌교는 노래 〈부용산〉보다 소설 조정래의 대하소설《태백산맥》으로 익숙하다.《태백산맥》의 주 무대가 벌교이다 보니 벌교 곳곳에는 소설 태백산맥의 흔적이 등장한다. 소설 속에서 토벌대가 공짜로 머물던 남도여관(당시 실제 상호는 보성여관)이나 지역 계엄사령관 이·취임식 때마다 열병과 분열식이 벌어졌던 벌교 남초등학교 등이 여전히 역사를 증거하고 있다.

남도여관을 뒤로하고 자그마하게 서 있는 산이 부용산이다. 말이 산이지 해발 192미터에 불과한 동네 뒷산이다. 그렇지만 벌교 사람들에게 부용산은 정신적인 지주쯤 된다. 행정관청과 번영회가 힘을 합쳐 조성해놓은 '부용산 시오리 오솔길'을 오르다 보면 부용산 노래비가 찾는 이를 반긴다. 이

쯤 되면 외지인들은 〈부용산〉을 벌교의 노래로 인정할 수밖에 없겠다.

해마다 벌교 꼬막 축제에서 부용산을 부르는 지역 주민 안택조 씨는 "목포는 이난영이 부른 〈목포의 눈물〉도 있고 〈목포는 항구다〉도 있는데 왜 벌교의 노래 〈부용산〉까지 탐내는지 모르겠다"라며 불만을 터뜨렸다. 안 씨는 지역 국회의원이자 경원대, 호남대 총장을 역임한 이대순 씨와 더불어 20여 년 전 호주까지 쳐들어가 박기동 시인으로부터 〈부용산〉이 벌교의 노래라는 구술 증언을 확보해온 〈부용산〉의 열혈 지킴이다.

〈부용산〉을 들어본 적이 없다면 한번 들어보기를 권한다. 노래는 지나치게 처연하고 넘치게 아름답다. 애상이 가슴을 꾹꾹 찌르고 있지만 깊고 그윽한 격조를 유지하고 있다. 굳이 유식한 말로 표현하자면 애이불비다. 슬프지만 겉으로는 결코 슬픔을 나타내지 아니하고 남루하지 않다. 일찍이 소월이 자신의 시 〈진달래꽃〉에서 강조한 '죽어도 아니 눈물 흘리오리다'와 맥을 같이 한다고 보면 된다.

"벌교에서는 주먹 자랑, 여수에서는 돈 자랑, 순천에서는 인물 자랑하지 말라"는 말이 있다. 그러나 나는 문득 "벌교에 가면 〈부용산〉 빼고는 노래 얘기는 꺼내지도 말라"고 당부하고 싶다. 그 무섭다는 벌교 주먹이 언제 날아들지 모르기 때문이다. 뜨거운 여름이다. 그래서 슬픈 노래 〈부용산〉을 들으면 여름은 더욱 외롭다. 맞다. 그리움, 강이 되어 맴돌아 흐르고 백합일시 그 향기롭던 꿈도 간 데 없다. 벌교 부용산 저 멀리엔 재를 넘는 석양만이 홀로 섰고 병든 장미는 뙤약빛에 시들어간다.

녹음이 푸르른
부용산 시오리길,
회오리 바람이 쏴아하고
지나간다.

굳세어라 금순아

현인

눈보라가 휘날리는 바람찬 흥남부두에
목을 놓아 불러봤다 찾아를 봤다
금순아 어디로 가고 길을 잃고 헤매었던가
피눈물을 흘리면서 일사이후 나홀로 왔다

일가친척 없는 몸이 지금은 무엇을 하나
이 내 몸은 국제시장 장사치기다
금순아 보고싶구나 고향꿈도 그리워진다
영도다리 난간 위에 초생달만 외로이 떴다

금순이도
늙었고
국제시장도
남루해져간다

40만 명의 피란민이 쏟아져 들어온 1952년 대구. 냉면을 먹고 나오다 피란민 행렬과 맞닥뜨린 작곡가 박시춘과 작사가 강사랑이 하루 만에 노래를 완성했다. 대구에서 만들어졌지만, 이 노래의 주 무대는 영도다리와 국제시장이 있는 부산이다. 1·4 후퇴 때 흥남부두에서 여동생 '금순이'를 잃은 오빠의 마음이 노랫말로 만들어졌다.

베이비붐 세대(1955년~1963년 출생)인 나의 젊은 날, 〈굳세어라 금순아〉는 만인의 애창곡이었다. 학교 앞 대포집에서 오뎅 국물에다 여러 개의 숟가락을 꽂아놓고 젓가락 장단을 두드리다 감정이 복받쳐 오를 때쯤 터져 나오는 노래가 〈굳세어라 금순아〉였다. 이 노래를 시작으로 〈눈물 젖은 두만강〉, 〈목포의 눈물〉, 〈비 내리는 고모령〉 등이 연이어 터져나왔다. 누가 시킨 것은 아니었다.

지금의 기성세대는 아마 이 글을 읽는 순간, 눈앞에 그런 풍경이 그려질 것이 틀림없겠다. 사실 예를 든 노래들은 지금의 기성세대격인 386세대와는 연관이 거의 없다고 봐야 한다. 한국전쟁이 한창이던 1950년대 초반 또는 훨씬 이전인 일제 강점기에 발표된 순전히 아버지 세대의 노래이기 때문이다. 그러나 노래는 굴곡 많은 한국인의 삶과 맞물리면서 세대를 뛰어넘는 만인의 노래쯤으로 인정된다. 그래서 노래 속에 등장하는 '금순이'는 우리 시대의 '똑순이'로 그 이미지를 굳히게 된다.

향수를 불러온
국제시장

얼마 전 윤제균 감독의 영화 〈국제시장〉이 중장년층의 향수를 불러왔다. 여기에는 영화를 둘러싼 저열하고도 천박한 정치적 논쟁과는 무관하게 화제의 영화를 잉태케 한 노래 그 자체를 되새겨보고 싶은 소박한 바람이 작용한 것도 있다. 아버지 시대에 바치는 찬가쯤으로 형용되는 영화 〈국제시장〉은 곤고했던 삶을 살아온 이 땅의 모든 아버지 세대에게 바치는 헌사가 아닐까? 나는 고민 끝에 〈굳세어라 금순아〉의 풍경을 거슬러 찾았다.

노래의 시대적 배경은 과거에는 '6·25 동란' 또는 '6·25 사변'으로 불렸던 한국전쟁이다. 전쟁이 발발한 지 불과 한 달 반, 대구와 부산만 남고 전 국토가 인민군에게 점령당했다. 1950년 8월 18일 새벽, 인민군 13사단이 마지노선격이던 대구역을 마침내 맹포격했다. 백척간두 상황, 하지만 누구보다

남포동과 국제시장의 모습

먼저 발 빠르게 움직인 이승만 대통령은 기차와 배를 번갈아 이용해 전쟁 발발 이틀 만인 6월 27일 새벽, 서울역을 빠져 나와 7월 2일 부산항에 도착한다. 정부도 7월 17일 임시수도격인 부산으로 간다. 이 흐름을 알고 있는 사람들은 동요할 수밖에 없었다. 인민군과 대치 중인 대구의 당시 인구는 27만, 하지만 40만 명의 피란민이 몰렸다.

서울의 청계천인 신천 개천가, 동인동, 신천동, 비산동 등은 피란민들의 급조한 누더기 판자집으로 뒤덮였다. 거리는 갓 징집된 군인들의 거리였다. 당시 징집은 '복불복'이었다. 운이 없어 잡히면 전장으로 끌려갔다. 현역 군인들이 총을 들고 다니면서 신체 건장한 남성을 보는 족족 체포해(?) 부모와 한 번 만나게 해준 뒤 남산초등학교로 데려갔다. 기본 교육은 7일, 전황이 다급하게 돌아가면 2~3일 소총 교육만 받고, 그것도 안 되면 사격 교육을 받으러 가다가 전장으로 끌려갔다. 보통 하루 수백 명, 많을 때는 수천 명이 끌려갔다.

낙동강 전투가 뜨겁게 달아올랐던 8월 초부터 하순까지 대구에서만 무려 5만여 명의 신병이 배출됐고 그들 대부분은 '화랑담배 연기 속에' 혹은 '떨어지는 꽃잎처럼' 사라져갔다. 6·25로 인해 대구는 졸지에 군사도시로 부상하게 된다. 당시 대구의 초·중·고·대학교와 주요 시설물은 군사시설로

징발되었다. 전쟁은 유엔군의 개입으로 점차 교착상태에 빠졌다. 일진일퇴를 거듭하던 전선과는 달리 1952년의 대구는 후방 도시였다. 미군 때문에 양공주도 양산된다.

전쟁 속에서도 낭만은 피어났다. 대구 도심 향촌동 골목에는 당시로서는 놀라운 두 개의 클래식 음악 감상실이 있었다. 바로 녹향과 르네상스. 그중 녹향은 아직도 건재하여 그 시절의 전설을 전해주고 있다. 전시의 대구는 음반산업의 메카였다. 전국 유일의 '오리엔트 레코드사'가 있었기 때문이다. 그리고 한국전쟁을 가장 극명하게 표현한 〈굳세어라 금순아〉도 이 시기에 탄생한다. 사실 많은 이들이 부산에서 태어난 줄로 알고 있는 노래는 대구시 중구 교동시장 강산면옥 앞길에서 탄생했다.

대구에서 태어난 부산 노래

대구 〈매일신문〉은 이렇게 전한다. 1952년 여름, 대구시 중구 화전동 지금은 없어진 옛 자유극장 옆 남선악기점 2층 오리엔트 다방(작곡가 박시춘 부인이 경영)에서 가수 현인이 오리엔트

금순아 어디로 가고
길을 잃고 헤매었던가
피눈물을 흘리면서
일사이후 나홀로 왔다。

레코드사 사장 겸 작곡가였던 대구 출신의 원로 작곡가 이병주에게 냉면을 먹으러 가자고 했다. 옆에 있던 밀양 출신의 박시춘과 여수 출신의 작사가 강사랑도 따라 나선다. 넷이 교동시장 안 군용 천막으로 된 강산면옥에 갔다. 냉면을 먹고 나오는 길에 박시춘과 강사랑은 강산면옥 앞거리를 걸어가면서 지나가던 피난민 행렬을 보고 곡과 노랫말을 완성했다. 그들은 그날 오리엔트 레코드사에서 녹음까지 일사천리로 끝낸다. 노래는 발표되자마자 실향민들의 절대적인 호응에 힘입어 엄청난 인기를 끌게 된다.

노래 〈굳세어라 금순아〉는 비록 전쟁 중 대구에서 만들어졌지만 아무래도 주무대는 부산이고, 영도다리이고, 국제시장이다. 알려진 대로 1951년 1·4 후퇴 당시 흥남부두에서 '금순이'를 잃고 부산으로 피란 와 '이내 몸은 국제시장 장사치기'로 표현되고 있던 화자가 누이동생 '금순이'를 그리워하는 노래다. 전쟁이 낳은 노래는 실향민과 이산가족들의 상실감을 어루만지며 분단의 비극을 안고 사는 대다수 한국인들에게 사랑을 받아왔다. 그래서 동명의 영화와 TV 드라마가 잇달아 등장하면서 금순이는 온 국민의 누이쯤으로 인정되어왔다.

노래에 등장하는 국제시장은 깡통시장, 양키시장, 돋떼기 시장 등으로 불리며 한국의 근현대사를 상징하는 공간이다. 일대는 당면국수, 씨앗 호떡, 단팥죽, 빙수 같은 길거리 음식으로 유명하다. 3,000원을 내니 할머니가 콩고물을 얹어 준 단팥죽을 꽃무늬 사기그릇에 담아준다. 겨울에는 단팥죽, 여름에는 빙수가 유명하다. 이곳 빙수는 손으로 얼음덩어리를 갈아서 갖가지 색물과 삶은 팥을 얹어 주는 전통방식을 고집하고 있다. 테이블 하나에 모르는 사람들이 둘러앉아 먹는 독특한 방식이다. 고독해서가 아니다. 곤고했던 시대, 앉을 공간이 한 뼘도 어렵던 시절의 흔적쯤 된다. 좌판에서 낯선 이들과 함께 뜨거운 팥죽 한 사발을 들이키고 나니 마음까지 훈훈해진다.

노래의 무대에는 부산역 건너편 사십 계단도 포함된다. 피난민들이 헤어진 가족을 찾기 위해 몰렸던 장소다. "사십 계단 층층대에 앉아 우는"으로 시작되는 노래는 원로 가수 박재홍이 부른 〈경상도 아가씨〉의 무대이기도 하다.

> 고향길이 틀 때까지 국제시장 거리에
> 담배장사 하더라도 살아보세요
> 정이 들면 부산항도 내가 살던 정든 산천
> 경상도 아가씨가 두 손목을 잡는구나
> 그래도 뼈에 맺힌 내 고향이 이북 고향 언제 가려나

이 곡의 노랫말은 〈굳세어라 금순아〉의 사촌쯤 되는 노래다.

난간 위에
초생달만 외로이

한겨울 찾은 사십 계단은 을씨년스럽다. 뻥튀기 기구 등 피난시절 삶의 모습을 재현해놓은 거리는 바다 쪽에서 불어오는 칼날 바람에 얼어붙어 있다. 원래 부산은 이곳까지고, 지금의 부산역과 항구는 인공 매립지라고 전한다. 사실 대부분의 부산 거리는 한국전쟁의 비극적인 상처와 교직하고 있다. 그래서 '고향에 가더라도 잊지를 말고 한두 자 봄소식을 전해달라'는 남인수의 〈이별의 부산 정거장〉도 증거가 된다. 전쟁이 끝나 '서울로 돌아가는 십이 열차에 기대앉은 젊은 나그네들'은 이제 영화 국제시장의 주인공 덕수 영감처럼 늙고 야위어 간다.

아, 그리고 또 있다. 감천동 비석마을이 또 다른 무대가 된다. 국제시장, 자갈치시장으로 대변되는 번잡성, 일제 강점기의 영향으로 인한 왜색풍 등의 이미지에다 서민풍을 더하는 곳이 감천동 비석마을이다. 전쟁 당시 몰려든 피난민들이 살 곳을 찾다가 결국은 감천동 산꼭대기 공동묘지에 주목하게 된

다. 묘지에 가득한 비석을 기둥으로 천막을 치고 움막을 짓고 산 게 감천동 비석마을의 시작이다.

부산의 중심, 광복동, 남포동 뒷산을 가파르게 넘어가면 제법 커다란 야산이 보이고 그 비탈진 사면에 알록달록하게 조그만 집들이 성냥갑처럼 달려 있는 모습을 보게 된다. 심장이 약한 사람은 자동차로 오르기 어려울 정도의 가파른 길 막바지에 상석을 주춧돌로 삼은 마을이 어렵사리 버티고 있는 것이다. 겨울밤 감천 비석마을은 싸늘한 바람에 적요하다. 누군가는 말했다. 마을은 이태리 산토리니의 절벽마을 소렌토 풍광과 닮았다고. 그러나 그것은 호사가들의 언설일 뿐, 겨울밤 잠들고 있는 달동네의 인생은 그리 화려하지 않다. 아니, 남루하기까지 하다.

난간 위에 초생달만 외로이 떴다는 영도다리는 노래의 중요한 테제가 된다. 갈 곳 없는 실향민들은 다리 밑에 움막을 짓고 몰려 살았다. 길이 214.63미터, 너비 18.3미터, 높이 7.2미터인 영도다리는 일제강점기인 1934년 11월 23일 준공되었다. 부산시 중심에서 영도의 북서단을 연결하는 국내 최초의 연륙교이자 다리가 들어올려지는 유일한 도개교다. 1935년 다리 위에 전차궤도가 설치되어 전차가 다녔으며 다리의 한쪽을 들어 선박을 지나가게 하는 광경을 하루 6회씩 연출하며 부산의 명물이 되었다. 다리 난간은 불현듯 할머니의 손을 잡고 영도다리를 구경하러 온 다섯 살의 그 시절로 나를 데려간다.

한국 현대사의 슬픔

나는 갑자기 목이 메어 왔다. 하지만 명물다리는 인구증가로 인해 1966년 9월 도개를 중단하고 전차궤도도 철거되었다. 그러나 운 좋게 한국 근현대사의 상징적 건축물로 평가되면서 2007년 대규모 복원 공사 끝에 2013년 7월 도개 기능도 다시 살아나 지금의 모습을 보여주고 있다. 다리 입구에 사람들이 부산하게 움직이고 있다. 연신 휴대전화를 꺼내들고 셔터 누르기에 열심이다. 황동색으로 칠해진 가수 현인의 동상이다. 〈굳세어라 금순아〉 등 현인의 노래들이 연이어 흘러나온다.

영도는 가수 현인(본명 玄東柱, 1919~2002)의 고향이기도 하다. 동상 현판에는 그에 관한 이력이 빼곡하다. 현인은 일제강점기에 부산 영도에서 영국 스탠더드 석유회사에 다니는 아버지와 신여성인 어머니 사이에서 태어나 풍족한 환경에

서 자랐다. 1938년 경성 제2고보(경복고)를 졸업한 후 1942년 일본 우에노 음악학교(도쿄예술대) 성악과를 졸업한, 당시로서는 모든 것을 갖춘 재원이었다. 처음에는 순수음악을 전공했다는 이유로 대중가요 부르기를 망설였으나 가요계의 대부격인 작곡가 박시춘의 권유로 1947년 〈신라의 달밤〉을 취입한 것을 계기로 가요계에 발을 들여 놓게 된다. 〈비 내리는 고모령〉, 〈고향만리〉, 〈전우야 잘 자라〉, 〈서울야곡〉, 〈인도의 향불〉 등 수많은 히트곡을 불렀다. 그러나 그의 노래는 역시 전쟁의 상흔이 가시지 않았던 시절에 실향민의 향수와 서민들의 아픔을 달래주었던 〈굳세어라 금순아〉가 대표가 된다.

많은 사람들이 영화 〈국제시장〉을 보며 많이들 울었다고 한다. 나는 그 울음 뒤에 있는 귀에 익은 노래 〈굳세어라 금순아〉를 더 주목하고자 한다. 노래에는 한국 현대사의 슬픔이 고스란히 녹아 있다. 그래서 영도다리, 국제시장 등 노래의 무대를 찾으면서 나는 아버지 세대의 슬픔을 조금씩 이해하게 된다. 모진 세파와 모진 설움받고서 살아서 본들 이 땅의 아버지들이야 변함이 있겠는가, 그래서 아버지의 술잔에는 눈물이 절반이라고 일찍이 어느 시인은 말하지 않았을까?

칠갑산

주병선

콩밭 매는 아낙네야 베적삼이 흠뻑 젖는다
무슨 설움 그리 많아 포기마다 눈물 심누나
홀어머니 두고 시집 가던 날 칠갑산 산마루에
울어주던 산새 소리만 어린 가슴속을 태웠소

홀어머니 두고 시집 가던 날 칠갑산 산마루에
울어주던 산새 소리만 어린 가슴 속을 태웠소

장곡사

울어주던
산새 소리에
애간장만
타들어간다

노래 〈칠갑산〉에는 한국인만의 근원적이고 숙명적인 한恨이 담겼다. '너만이라도 배곯지 말라'며 어린 딸의 손을 놓는 어머니의 비원, 단장斷腸의 슬픔이다. 대중가요와 국악가곡의 경계를 넘나드는 이 노래는 1990년대 샐러리맨의 고달픈 인생을 대변하며 인기를 누렸다. 그리고 여러 사람의 입을 통해 세대를 뛰어넘었다.

"칠갑산을 즐겨 부르고 웃음도 많고 그림도 잘 그리던 소녀 같은 분인데…."

세월호 참사로 온 나라가 뒤숭숭하던 작년 6월 초 한 일간지에 소개된 부음 기사다. 주인공은 위안부 피해자인 배춘희 할머니. 그는 91세의 그야말로 파란만장한 일생을 보냈다. 1923년 경북 성주에서 태어난 배 할머니는 19세의 꽃 같은 나이에 일본군 정신대에 자원했다. 정신대가 무엇인지도 모르고 그저 배곯지 않는다는 말에 혹해서였다.

칠갑산 입구 마을에서 발견한
폐농가의 알록달록한 벽화,
남루한 집과 묘한 대조를 이루고 있다.

이후 중국 만주로 끌려가 끔찍한 위안소 생활을 겪었다. 광복 후 한국에 돌아왔으나 주변의 시선을 견디다 못해 다시 일본행을 택해야 했다. 할머니는 일본에서 아마추어 엔카 가수로 지내다가 1980년대 초반 예순이 되어 귀국했다. 이후 일본군 위안부 후원시설인 '나눔의 집'에서 생활하다가 세상을 떠나셨다.

숙명적인
한의 노래

나는 이 기사를 읽으며 배춘희 할머니가 오랜 시절 홀로 〈칠갑산〉을 즐겨 부르셨다는 사실에 주목했다. 이 사연 많고 한 많은 할머니가 왜 유독 이 노래를 즐겨 부르셨을까? 질문에 대한 답은 노래 칠갑산을 한번 들어보거나 불러 보는 방법밖에는 없다. 이 노래는 〈불후의 명곡〉에서 조성모가 불러 젊은 세대에게도 알려지게 된다. 검은 정장 차림의 조성모는 이날 아버지가 뇌졸중으로 위중하다며 〈칠갑산〉을 부른 이유가 아버지의 애청곡이기 때문이라며 눈물을 흘렸다. '세상의 모든 아버지를 위해 노래했다'라고 덧붙였다.

그러나 〈칠갑산〉이 지금 세대에게는 도무지 이해할 수 없는 가락과 정서가 담겨진 노래쯤 된다. 한의 노래이기 때문이다. 대개 한국인만의 근원적이고 숙명적인 슬픔을 한이라고 한다. 영어 등 나라 밖 말로는 도대체 번역은 물론이고 설명되지 않는 이 말은 한국인의 정서를 관통하고 있다. 한국인이 지니는 눈물, 체념, 원망 등을 고스란히 담고 있는 것이다. 특히 이 말은 적극적이기보다는 모든 것을 자신의 업보와 분수로 여기며 삭혀버린 분노, 체념해버린 슬픔을 대변한다고 볼 수 있겠다.

지금의 아이돌 그룹이 부르는 노래는 대개 경쾌한 발라드풍이거나 댄스 음악이 주류이지만 한 시절 한국의 대중가요에는 이 같은 한 맺힌, 한 많은 노래들이 풍미했다. 조용필이 리바이벌해서 부른 민요 〈한오백년〉을 비롯하여 장사익이 부른 대부분 노래들의 근저에도 한이 자리 잡고 있다. 이 같은 노래들 가운데 구전 민요가 아닌 창작곡으로 한국인의 한을 절창의 가락으로 묘사해 주목받은 노래가 바로 〈칠갑산〉이다. "콩밭 매는 아낙네의 베적삼이 땀에 젖고 눈물과 함께 김을 멘다"는 노랫말의 실질적인 주인공은 어디에도 없다. 그러나 한폭의 풍경화를 연상케 하는 노래는 오랜 세월 한민족과 함께한 간난艱難과 이에 따르는 숙명적인 슬픔을 유현幽玄하게 표현해내고 있다.

노래의 무대가 되는 칠갑산은 충청남도 청양군 대치면, 정산면, 장평면에 걸쳐 있는 산이다. 아득한 시절, 지리시간에 듣고 배웠던 차령산맥에 속하며 산정에서 방사상으로 뻗은 능선이 면계를 이룬다. 계곡이 워낙 깊고 사면은 급한 데다가 산세가 거칠고 험준하여 충남의 알프스로 불리기도 한다. 교통이 불편했던 옛날에는 칠갑산이 청양군을 동서로 쫙 갈라놓은 지형적 장애였고 한티고개로 불리는 대치大峙는 중요한 교통로지만 워낙 험준하여 지금도 겨울철에는 단절되는 경우가 빈번하다. 그 옛날 절해고도絕海孤島의 유배지나 다름없었던 산은 옆구리에 유서 깊은 장곡사를 끼고 있다.

〈칠갑산〉의 노래를 풀이하자면 이렇다. 한적한, 인적이라고는 전혀 없는 이 깊은 계곡에 화전민 모녀가 찾아온다. 너무나 가난했던 그들은 하루 먹을 양식과 최소한의 몸을 가릴 작은 삼베 조각 얻기도 힘들다. 송홧가루 날리는 어느 여름날 마침내 어머니는 아직은 귀밑머리가 풋풋한 어린 딸에게 시집갈 것을 권한다. "너만이라도 배곯지 말고 살아달라"는 어머니의 비원. 홀어머니에 떠밀려 시집 가던 날, 칠갑산 산마루에 울어 주던 산새 소리는 어린 딸의 마음을 찢어지게 한다. 나마저 떠나면 남겨진 홀어머니가 굶어 죽지나 않을까 하는 어린 소녀의 단장의 슬픔을 노래는 곡진하게 대변하고 있는 것이다.

곤곤했던 민족의 아픔을 그리다

노래를 짓고 만든 이는 원로 음악인 조운파 선생이다. 호가 구름 운雲, 언덕 파坡쯤 되니 상당히 낭만적인 분으로 짐작된다. 시인이기도 한 조운파는 테너 박인수가 부른 〈달빛〉 등 여러 편의 창작 가곡을 발표하며 아직도 현역으로 맹활약하고 있다. 386세대에게 널리 알려진 노래 〈연안부두〉, 〈아내에게 바치는 노래〉, 〈옥경이〉 등도 그의 작품이다. 그는 칠갑산의 노랫말과 관련하여 "논이 아닌 산비탈 밭에 주목해야 한다"고 말한다. '콩밭'은 우리 민족의 곤곤했던 삶의 터전이며 '포기마다 눈물을 심는다는 것'은 가난한 이들의 한을, 슬픔을 갈무리한다는 의미라고 설명한 바 있다. 지금 세대가 누리는 풍요 저 뒤편에 자리한 처절한 아버지 세대의 쓰라린 삶의 고통을 풍경화처럼 묘사했다는 것이다.

특히 노랫말을 관통하는 시집 가는 어린 딸은 민며느리 관습을 떠올리게 한다. 까까머리 시절, 국사 시간에 배웠던 고대 부족 국가 옥저에서 횡행했던 결혼 풍습을 떠올리면 되겠다. 한자로 예부豫婦라고 불리는 이 제도는 어린 여자가 남자 집에 미리 가서 살다가 성장하면 결혼하는 것으로 대개 여자 나이 열 살을 넘기면 약혼하고 신랑집에서 머물다가 성인이 되면 결혼했다. 여성의 노동력 확보를 목적으로, 고구려에서 행한 데릴사위제 풍습의 반대쯤으로 이해된다.

문제는 이 같은 풍습이 나타난 가장 큰 원인이 가난이라는 데 있다. 당연히 이 관습은 상류 계층에서는 찾아보기 어렵다. 가난한 기층 민중들 사이에서 흔적을 남겨 왔는데, 특히 조선시대에는 민며느리제가 일종의 매매혼으로서 도덕적으로 옳지 않다는 비례론이 대두되었음에도 불구하고 하층 민중에게는 꽤 넓은 범위에 걸쳐 행해졌다고 기록은 전한다. 따라서 노래 〈칠갑산〉에 등장하는 홀어머니와 어린 소녀는 특별한 누군가가 아니라 가난하고 힘들었던 세월 저편의 우리 어머니와 누나를 상징한다고 볼 수 있다. 궁상각치우 5음계에다 일부에 양악 7음계를 접해 모두 12음계로 만들어진 노래는 그에 따른 반음계가 주는 유장함으로 그 절절함을 배가시키고 있다.

샐러리맨들의 애창곡

1978년에 만들어진 노래는 발표 당시 일반에게는 전혀 알려지지 않았다. 이후 10여 년 동안 대학가에 입소문으로 퍼지다가 1990년 초부터 일반인들에게 알려지며 상당한 인기를 끌었다. 그래서 고단한 하루 일과를 끝낸 샐러리맨들이 노래방에 가면 앞다투어 불렀던 노래가 바로 〈칠갑산〉이다. 처음에는 평온하게 시작했다가 "울어주던 산새 소리만 어린 가슴속을 태웠다"는 후반부에 가면 모두가 절규하듯 악을 쓰며 함께 불렀던 슬픔의 노래, 고향의 노래다.

추계예술학교 출신인 주병선이 부른 이후 국악인 김영동, 조용필 등 수많은 가수들이 앞다투어 불러왔고 지금도 불리고 있다. 노래 〈칠갑산〉은 순수 가곡과 대중가요 사이에 위치한 어정쩡한 경계에 있다. 일부에서는 대중가요로 분류하지만 또 다른 일부에서는 국악가곡의 새로운 지평을 열었다면서 연구대상으로 삼기도 한다. 작곡가 조운파는 이 대목에서 "대중가요로서는 가사가 주는 주제의식이 너무 무겁고 또한 멜로디가 전통가락에서 따왔기 때문에 당연히 국악가곡"이라며 순수 예술 가곡임을 주장하고 있다. 하기야 오늘날과 같은 탈장르, 융합, 통섭의 시대에 이 같은 자리매김이 덧없다는 생각이 문득 든다.

칠갑산은 청양고추와 함께 충남 청양군의 상징쯤 된다. 그래서 군 전체에는 빨간 고추와 칠갑산 노랫말과 관련된 조형물들이 넘친다. 매운 고추의 대명사쯤 되는 청양 고추는 이제 힘을 잃어가고 있다. 고추로 유명한 경북 청송과 영양에서 '청양'이 각각 자신들의 머리글자를 딴 데서 유래된 것이라고 주장하고 또 워낙 경상도 음식이 맵고 짠 탓에 설득력을 얻고 있어 더욱 그러하다.

그러다 보니 노래 〈칠갑산〉이 청양의 대표적인 상징쯤으로 인정받고 있다. 군내 여기저기 '콩밭 매는 아낙네상'이 등장한다. 그러나 조형미라고는 전혀 찾아볼 길 없는 조악한 형상물이 대부분이다. 어떤 기준도 없어 여기저기 세워져 있는 모습과 표정이 각기 다른 아낙네상은 찾는 이들을 실망케 하기에 충분하다. 완전히 따로 국밥 조각상에 다름 아니다. 절창 가락에 걸맞는 조각상을 기대했다면 아예 찾아보지 않는 편이 좋겠다.

칠갑산을 받치는 장곡사

그나마 노래 〈칠갑산〉을 받치는 것은 유서 깊은 사찰 장곡사長谷寺다. 장곡사는 사찰 이름만큼이나 오래된 절이다. 850년(통일 신라 문성왕 12)에 보조국사가 창건한 이 절은 규모는 작지만 국내에서 유일하게 대웅전이 두 개나 있는 아주 특이한 사찰이다. 두 곳의 대웅전이 특별한 가람 배치를 가진다. 상, 하 대웅전 건물은 두 사찰이 합쳐진 것인지, 전각이 이름이 바뀐 것인지 알 수 없다. 방향까지 완전히 달리하는 두 법당은 각기 소중한 불교 유물을 간직한 보물창고다.

특이한 것은 대웅전만이 아니다. 위편 대웅전의 바닥은 나무가 아니라 8판 연화문 벽돌이다. 그래서 일찌감치 보물 162호로 지정되었다. 더운 여름날에는 시원하겠지만 엄동설한, 스님들이 냉기가 도는 벽돌 바닥에서 참선을 하고 예불을 했을 상상을 하면 한여름에도 문득 한기가 돈다.

위편 대웅전은 전각이 비좁은 느낌이 들 정도로 세 분의 부처님을 한꺼번에 모시고 있다. 화려한 광배가 부처님을 더욱 빛나게 하는 좌상은 비로자나불과 약사불로 모두 고려시대의 철불이다. 고려 전통의 선명한 석조대좌 위에 자리하는

장곡사 윗 대웅전과 대웅전 법당 바닥의 연화문 벽돌

철조약사불이 한없이 자비로운 눈길로 탐방객을 지켜보고 있다. 섬세한 조각으로 조선시대 불교미술의 정수를 보여주는 광배 또한 놓치지 말아야 할 볼거리다.

이곳에는 국보급 문화재도 많다. 위편 대웅전의 철조약사불은 국보 58호이고 철조 비로자나불은 보물 174호다. 아래 대웅전은 법당 자체가 보물 181호이고 법당안 고려 시대 금동 약사불은 보물 337호다. 무려 국보가 2개, 보물이 4개로 귀중한 국가문화재가 넘치도록 가득한 곳이다. 그러나 산이 높고 계곡이 깊어 스님들조차 콩밭 매는 아낙네 못지않게 살기가 힘들었나 보다. 깊은 계곡안 한 뼘 공간에 자리 잡은 절은 작고 초라하기 그지없다.

장곡사를 허리에 끼고 있는 칠갑산에 뻐꾸기 울음소리가 쏴아 왔다가 아득히 사라져간다. 길고 긴 여름날, 노래 속에 등장하는 땀에 젖은 베적삼을 걸치고 콩밭 매던 아낙네는 우리들의 어머니였다. 포기 포기마다 눈물을 심던 이 땅의 어머니는 이제 할머니가 되고 하나둘 이승을 떠나고 있다. 그래서 노래 〈칠갑산〉은 배고픔을 경험한 이 땅의 장년세대들에게 어린 날의 초상과 같은 추억이 된다. 그런 시절들이 과거로 포장된 채 빛바래 간다는 것은 너무나 쓸쓸한 일이다. 이 풍진 세상에 말이다.

사계

노래를 찾는 사람들

빨간꽃 노란꽃 꽃밭 가득 피어도
하얀 나비 꽃 나비 담장 위에 날아도
따스한 봄바람이 불고 또 불어도
미싱은 잘도 도네 돌아가네

흰구름 솜구름 탐스러운 애기구름
짧은 샤쓰 짧은 치마 뜨거운 여름
소금땀 비지땀 흐르고 또 흘러도
미싱은 잘도 도네 돌아가네

저 하늘엔 별들이 밤새 빛나고

찬바람 소슬바람 산 너머 부는 바람
간밤에 편지 한장 적어 실어 보내고
낙엽은 떨어지고 쌓이고 또 쌓여도
미싱은 잘도 도네 돌아가네

흰 눈이 온세상에 소복소복 쌓이면
하얀 공장 하얀 불빛 새하얀 얼굴들
우리네 청춘이 저물고 저물도록
미싱은 잘도 도네 돌아가네

공장엔 작업등이 밤새 비추고

빨간 꽃노란 꽃 꽃밭 가득피어도
하얀 나비 꽃나비 담장위에 날아도
따스한 봄바람이 불고 또 불어도
미싱은 잘도 도네 돌아가네
미싱은 잘도 도네 돌아가네

역사에
내던진
청춘을
위로하다

〈사계〉는 여성 보컬과 건반의 경쾌한 연주와는 극히 대조적으로 여공들의 쳇바퀴 도는 듯한 단조롭고 신산한 삶을 노래하고 있다. 장시간 저임금 노동에 시달리면서도 가족의 미래를 위해 자신을 희생했던 이 땅의 누나, 여동생들이 흘린 회환과 고독이 담겨 있는 노래다. 이 노래 앞에 우리는 예의와 겸손을 지녀야 한다.

옆에서 노래를 듣고 있던 딸 아이가 훌쩍거리며 한마디 한다. "아빠 넘 슬퍼." 어린 딸아이의 눈에는 어느새 눈물이 그렁그렁하다. 오래전의 일이다. 그날 나는 간만에 노래를 찾는 사람들(노찾사)의 〈사계〉를 틀었고 옆에서 가만히 듣고 있던 '초딩'

철부지 아이가 그렇게 슬퍼했다. 그렇다. 사계는 슬픈 노래고 비장미가 넘치는 노래다. 그럼에도 불구하고 운동권 가요 치고는 곡조가 지나치게 발랄하고 감각적이어서 일부 운동권으로부터는 배척받기도 했다.

그렇지만 그 발랄함 속에 숨어 있는 페이소스에 사람들은 이다지도 경쾌한 노래를 들으며 외려 깊고 무거운 슬픔에 잠기게 된다. 그 답은 '노찾사'에서 찾아야 한다. 1970년대 말에서 1980년대 초 대학 생활을 한 이 땅의 중년에게 '노찾사'는 하나의 상징이다. 노래는 역사에 청춘을 내던진 사람들의 비명에 가까웠다. 그 시절, 과엠티나 직장의 단합대회에 끝무렵쯤이면 어김없이 터져 나오는 노래들이 있었다. 〈사계〉가 있고 〈광야에서〉가 있고 아! 〈솔아 솔아 푸르른 솔아〉도 있다. 그리고 그 중심에 '노래를 찾는 사람들', '노찾사'가 있었다.

노동현장에
뛰어든 청춘들

1970년대 말부터 불어닥친 대학생들의 구로공단 일대 노동현장 투신은 한국사회의 하나의 특이한 현상이자 시대정신

Zeitgeist의 상징이었다. '학출', '학삐리'로 불리던 이들은 스스로가 가진 모든 기득권을 내던지고 가리봉 오거리 노동현장으로 뛰어들었다. 언론은 이들을 두고 '위장 취업자'로, 노동현장에서는 '먹물'로, 당시 정권에서는 '불순세력', '좌경용공 세력'으로 불렸다. 지금의 시대에서는 상상조차 힘들겠지만 그 시절 기업에는 위장 취업자 색출지침까지 배포되고 학습되었다. "이력서의 필체가 기재된 학력에 비해 좋거나, 안경을 쓰고 대학생들이 잘 입는 복장을 한 근로자, 대학가의 속어를 무의식적으로 쓰는 경우, 글 쓰는 손마디에 굳은살이 박혀 있는 경우, 노동법 등에 지식이 많은 자, 이유없이 동료들에게 친절을 베푸는 자" 등이 정권이 내놓은 지침이었다. 그들은 자발적 '공돌이', '공순이'였다. 뼈 빠지게 일해 '우골탑' 대학에 보냈던 그 잘난 아들딸들이 고시공부, 취직공부는 안 하고 제 발로 걸어 노동자가 되었던 것이다.

6·29 직후 성문 밖 교회

가난한 부모의 기대와 눈물을 모질게도 외면한 채 노동 현장으로 뛰어든 그 시대의 청춘들, 그것은 어찌 보면 불을 보고 뛰어드는 불나방과 같은 무모함 그 자체였지만 오늘 한국 사회의 민주화의 원동력이 되었음을 그 누가 부인할 수 있으랴. 취업 경험조차 없는 지금의 20,30대에게는 단순히 1980년대를 추억하는 선배들의 낭만쯤으로 비춰지겠지만 청춘을 바쳐 민주화를 부르짖던 그들은 이제 꽃다운 꿈을 채 피워보지도 못하고 허름한 역사의 뒤안길에 들어서고 있다. 그러나 보장된 장밋빛 미래를 포기하고 이념과 민주주의를 위해 청춘의 낭만과 기득권을 아낌없이 집어 던진 1만 명 정도로 추산되는 이들의 희생은 단순히 고귀하다는 말로서도 갈음할 수 없음을 지금의 세대들은 고개 숙여 알아야 한다.

기실 한국 현대사에 있어 1970년대 말부터 1980년대 중반까지는 이른바 혁명의 시대라고 불릴 정도로 혼란스러운 시기였다. 이 시대를 관통하는 몇 가지를 들자면 군부독재, 대학생 시위, 노동운동, 86아시안 게임과 88올림픽 그리고 이와 함께 등장하는 도저히 말로 형언할 수 없는 최루탄 냄새 등을 들 수 있을 것이다. 최루탄 냄새의 한가운데에 민주화를 향한 노동자, 대학생들의 핏빛 저항의 몸부림이 있었고 그 몸부림에는 민중가요가 함께 했다.

이 시기의 운동권 학생들이 주동이 된 노동운동은 노동자 집단의 독자적인 정치 세력화를 시도했다는 점에서 그 이전의 시대와는 다른 양상을 띠고 있고 그 중심에 학출운동가 집단이 있었다. 1960~70년대 학출의 경우 멀리는 러시아의 '브나로드(민중 속으로)' 운동, 가까이는 심훈의 《상록수》 같은 다분히 계몽적, 낭만적 감성으로 노동현장과 농활(농촌활동)에 뛰어들었지만 1980년대부터는 집단적으로, 조직적으로 투신했고 노동자 스스로 정치적 주체로 설 수 있도록 도와주는 데 그 목적이 있었다.

우리들의
외딴방

가만히 있어도 아픈 일들이 많았던 그 시절, 노동현장에서 젊은 학출들은 동료와 노동자들과 연대했지만 때로는 갈등하고 대학생, 그것도 일류 대학생과 공돌이, 공순이라는 태생적인 한계 때문에 적잖은 상처를 주고 받게 된다. 서울대 재학 도중 공장에 뛰어들었던 대표적인 학출 출신인 국회의원 심상정은 노동자들과의 정서적인 괴리에서 오는 갈등이 가장 힘들었다고 고백한 바 있다.

“우리가 숙련공이 되어갈수록 외사촌과 나의 이름은 없어진다. 나는 스테레오과 A라인 1번이고 외사촌은 2번으로 불린다. 작업반장은 외친다. ‘1번 2번 뭐 하는 거야. 작업이 끊어지잖아.”

저명 작가 신경숙도 한때 벌집에 살며 구로공단에서 일했다. 1970년대 후반 열여섯에서 스무 살까지 벌집에서 여공으로 산 작가는《외딴방》에서 “서른일곱 개의 방 중의 하나, 우리들의 외딴방”이라고 썼던 바로 그 방들이다. 공단 입구에 ‘기계는 30퍼센트, 노동력은 70퍼센트’라는 표어가 걸려 있던 시절, ‘라인은 24시간 돌아가야 한다’는 게 모든 공장의 업무 원칙 1조였다. 식권이 한 장 나오는 날은 잔업, 두 장 나오는 날은 철야徹夜를 하는 날이었다. 철야하는 밤, 공장 입구에는 ‘타이밍’이 수북히 쌓여 있었다. 대입공부를 하면서 한번쯤 삼켜봤던 각성제 ‘타이밍’이 졸음으로 인해 불량품이 나올까 봐 공단의 십 대 소녀들에게는 반강제적으로 먹여진 것이다.

고된 철야를 끝낸 그들이 돌아가 쉬는 곳은 벌집이다. 두세 평 남짓한 벌집, 그러나 진짜 벌이 사는 곳은 아니다. 여공들이 산다. 닭장집 또는 쪽방으로 불리던 벌집의 필수품은 석유곤로와 비키니 옷장, 그리고 가족사진이다. 벽지는 당연히 신문지고 공동 구입한 카세트 라디오가 사과박스로 만든 간이 책상 위에 있다. 그러나 벌집에 산다고 해서 비웃으면 곤란하다. 대개 그들은 가족을 위해 희생한 이 땅의 효순이들이었다. 그때의 경험은 작가의 자전적 소설《외딴방》에서 슬픔으로 묘사되어 있다.

민중가요의
한계를 벗다

그리고 이 모든 1980년대를 관통하는 민주화를 향한 노동운동, 학생운동의 몸부림에는 〈타는 목마름으로〉 등 전설적인 저항 노래들이 있었다. 이름하여 민중가요들이다. 1980년대 중반 금지곡으로 꽉 묶여 있던 노래들이 다소간의 느슨한 틈을 타 음반을 발표했다. 그러나 아직은 군사정권의 서슬이 퍼렇던 시절, 음반사는 돌연 음반의 유통을 취소했고 이들의 노력도 기억 속으로 사라졌다. 그런 노래들이 집대성된 것이 '노찾사'의 등장이다. 6·29 선언으로 민주화 분위기 속에 등장한 1987년 '노찾사'의 첫 공연은 당시로서는 역사적인 사건이었다. 고향 생각이나 사랑이 공통 주제였고 서구 팝 음악의 모방에 그쳤던 당시의 가요시장에 '노찾사'의 묵직하고 음울하면서도 뜨거운 노래는 엄청난 충격이었던 것이다. 그런 중심에 〈사계〉, 〈솔아 솔아 푸르른 솔아〉, 〈광야에서〉 등이 있다. 특히 〈사계〉는 당시 대학생들이 퀴즈를 풀며 지성을 겨루었던 MBC 퀴즈 아카데미의 피날레 뮤직으로 잠시 등장하면서 국민적인 관심을 모았다.

'노찾사'의 노래들은 당시의 상업성, 서구식 문화에서 완전히 벗어나면서도 상대적으로 높은 음악적 완성도를 보이고 있다. 멜로디와 가사의 아름다움은 물론 보컬의 가창력, 가사 전달력과 수준급의 반주는 거대한 주제 의식에 짓눌려 투쟁 용도에만 그치던 민중가요의 한계를 훌쩍 뛰어넘는 새로운 도약을 알리는 하나의 신호탄이 된다. 당연히 노동 현장은 물론 일반인들의 선풍적인 호응을 얻으면서 회식 장소에까지 등장하게 되었다. 특히 젊은 김광석과 안치환이 번갈아 부른 〈솔아 솔아 푸르른 솔아〉와 〈광야에서〉는 1980년대 민주화 운동과 노래 운동이 겪어온 길을 증거하는 듯한 노랫말과 함께 호소력 짙은 음색으로 인해 폭발적인 인기를 얻게 된다.

그러나 그 무엇보다도 가장 대중적으로 알려졌던 노래는 〈사계〉다. 여성 보컬과 건반의 경쾌한 연주와는 극히 대조적으로 여공들의 쳇바퀴 도는 듯한 단조롭고 신산한 삶을 표현하고 있다. 요즈음도 가끔 7080 프로그램에 등장하는 권진원의 젊은 목소리가 인상적이다. 사계는 이후 거북이(터틀맨)에 의해 힙합 버전으로, 또 클럽하우스 버전으로 흥겹게 불려졌다. 랩 가사도 발랄해서 민중가요 세대에게 욕을 많이 먹기도 했지만 노래를 지금의 세대에게 알리는 데는 결정적인 역할을 한 공은 인정해야겠다.

'노찾사' 노래들의 한계는 무거운 주제 의식과 어두운 분위기다. 〈이 산하에〉, 〈오월의 노래〉, 제주 4·3 사건으로 희생된 이들을 위한 진혼곡 〈잠들지 않는 남도〉 등 대부분의 노래들은 시종일관 침울하다. 시대의 소외된 것들을 조명하는 민중가요의 특성상 피할 수 없는 한계로 보이지만 대중성을 얻는 데는 실패하고 있고, 그런 연유로 지금의 시대에는 아쉽게도 그 위대했던 의미를 점차 잃어가고 있다. 그러나 민중가요가 추구한 합법화, 대중화를 동시에 달성했다는 점에서 '노찾사'의 공과는 독보적이 된다. 한국 현대사의 아픔과 함께 했고 여전히 우리 사회에는 '노찾사'의 노래들을 필요로 한다는 점에서 우울하다.

그러나 '노찾사'의 흔적을 찾기란 쉽지 않다. 더구나 민중가요에 뿌리를 둔 태생적인 한계로 딱히 노래가 전하는 풍경을 시각화하기 어려운 점이 있다. 그러나 〈솔아 솔아 푸르른 솔아〉를 목놓아 불렀다면 인천시 부평구 신트리 공원에 가보면 된다. 노랫말의 원작자이자 1980년대 노동시의 새로운 지평을 열었던 고故 박영근 시인의 시비가 있다. 커다란 화강암 시비 앞면에는 박영근의 시 〈솔아 푸른 솔아-백제 6〉이 새겨졌다.

부르네 물억새마다 엉키던
아우의 피들 무심히 씻겨간
빈 나루터, 물이 풀려도
찢어진 무명베 곁에서 봄은 멀고
기다림은 철없이 꽃으로나 피는지
주저앉아 우는 누이들
옷고름 풀고 이름을 부르네

솔아 솔아 푸른 솔아
샛바람에 떨지 마라

글자체는 시인이 남긴 육필원고에서 땄다. 박영근은 1974년 전주고등학교 1학년을 중퇴하고 상경해 구로공단 일대 공장 노동자로 떠돌며 살았으며 1985년에 서울 구로에서 인천 부평으로 이사를 왔다. 시인이 25년 동안 살았던 곳이 부평이었고, 마지막 삶터도 부평이었다. 시비가 고향인 전북 부안에 세워지지 않고 부평 신트리 공원에 세워진 것도 이 때문이다.

진한 땀 냄새와 애환의 장소

최근 들어 '노찾사'의 흔적을 느끼게 해주는 '끝내주는' 뉴스가 등장했다. 하나는 구로공단 노동자 생활체험관이고, 하나는 경희궁 서울역사 박물관이다. 구로공단 노동자 생활체험관은 금천구가 과거의 벌집을 구입해 그 시절의 모습을 고스란히 재현해 놓았다. 상설 체험관이니만큼 시간을 두고 느긋하게 찾아도 된다. 우선 '벌집', '닭장집'으로 불리던 가리봉동 133-52번지 구로공단 노동자 거주지 풍경이 눈길을 끈다. 두 평 남짓한 방, 지금은 사라진 후지카 석유곤로가 맨 먼저 관람객을 맞는다.

방구석 앉은뱅이 책상이 남루하다. 못 배운 한을 풀고자 했을까. 앉은뱅이 책상 위에 놓인 《철학에세이》와 《난장이가 쏘아올린 작은 공》 같은 책들을 보니 갑자기 가슴이 먹먹해

미싱 바늘이 박힐 때가 많았습니다. 그 피투성이 손가락을 미싱 기름에 푹 담급니다. 그러면 피가 어느 정도 빠지게 되고, 다시 일을 하죠. 그냥 제품에 피가 묻으면 안 되니까 하는 치료법이었어요.

– 김준희, 대우어패럴

진다. 신문지로 도배한 벽에는 그 시절 인기 있던 할리우드 여배우와 팝송 가수 사진 열댓 장을 다닥다닥 끼워넣은 액자가 있다. 돈을 아끼려고 여공들은 한 방에 서너 명이 살았다. 이런 방이 여섯 개 잇대어 있는데 화장실은 하나다. 아침마다 화장실 문앞에서 발을 동동 구르던 그 시절의 여공을 생각하니 가슴이 짠해 온다. 생활관 직원 김선영 씨는 과거 이 일대에서 일했던 중년 여성들이 혼자 오거나 친구들과 찾는다고 한다. 가족과 같이 오는 경우는 드물다. 대부분은 쪽방문은 열자마자 쏟아져 나오는 눈물 때문에 체험관을 다 둘러보지도 못하고 흐느끼며 떠나는 경우가 많다고 말했다.

'노찾사'의 〈사계〉와 딱 맞아 떨어지는 서울역사 박물관의 '가리봉 오거리' 전시회는 구로공단 반세기를 기념해 서울시에 의해 기획되었다. 전시장의 벌집은 철거 예정인 가리봉동 133-52번지 벌집주택단지에서 가져온 문짝들을 비롯해 생활가구들을 실감나게 전시해 놓았다. 구로공단은 진한 땀 냄새와 애환이 배 있는 우리 산업화의 시발점이다. 1977년 전성기 때 10만 여 노동자의 대부분은 여공이었다. 그들의 삶을 가장 극명하게 나타낸 노래가 바로 〈사계〉다. 그래서 우리는 〈사계〉를 듣는 순간만큼은 그 시절 벌집에서 살았던 사람들에 대해 한없는 연민과 함께 예의를 차려야 한다. 겸손이 필요하다는 의미다.

장시간 저임금 노동에 시달리면서도 가족의 미래를 위해 자신을 희생했던 이 땅의 많은 누나, 여동생들이 흘린 회한과 고독의 눈물에 대해 우리는 오늘 말을 아껴야 한다.

> 폭풍이 부는 들판에도 꽃은 피고
> 지진 난 땅에서도 샘은 솟고
> 초토 속에서도 풀은 돋아난다
> 밤길이 멀어도 아침 해 동산을 빛내고
> 오늘이 고달파도 보람찬 내일이 있다
> 오! 젊은 날의 꿈이여, 낭만이여 영원히

그 시절을 재현한 여공의 방 낡은 액자에 있던 바이런의 시 〈희망〉이다. 그렇다, 좋은 것은 언제나 미래에 있으리!The best is yet to be!. 우리는 그렇게 믿고 살아 내었다.

임을 위한 행진곡

김종률

사랑도 명예도 이름도 남김없이
한 평생 나가자던 뜨거운 맹세
동지는 간 데 없고 깃발만 나부껴
새날이 올 때까지 흔들리지 말자
세월은 흘러가도 산천은 안다
깨어나서 외치는 뜨거운 함성

앞서서 나가니 산 자여 따르라
앞서서 나가니 산 자여 따르라

앞서서 나가니 산 자여 따르라

1980년대 민주화 시기에 수많은 국민이 이 노래를 불렀다. 우리 사회의 주류를 이루는 386세대에게는 비록 운동권이 아니어도 한 번쯤 들어보고 불러본 노래, 이제는 대한민국 민주화를 상징하는 문화유산이 됐다. 광주의 노래에서 한국의 노래로 자리매김한 것이다. 그래서 이 노래에는 '제2의 애국가'라는 수식어가 따라다닌다.

1980년대에는 〈애국가〉가 두 개란 말이 있었다. 무슨 얼토당토않은 소리냐고 할 사람도 있겠지만 1980년대를 살아온 지금의 기성세대에게는 정말 그랬다. "동해물과 백두산이"로 시작되는 '진짜 애국가'가 있었고 "사랑도 명예도 이름도 남김없이 한평생 나가자던 뜨거운 맹세"로 시작되는, 진짜 애국가보다 더 자주 불리던 〈임을 위한 행진곡〉이라는 '유사[pseudo] 애국가'가 있었다.

재야운동가 백기완 선생이 말을 붙이고 김종률이 곡을 만든 이 노래는 뛰어난 서정성과 투쟁성, 가슴을 먹먹하게 하는 비장미의 가사에다 운동권 가요로는 보기 드문 멜랑콜리한 곡조로 인해 한때 이 땅의 재야운동가, 대학생, 노동자들의 폭발적인 사랑을 받으며 퍼져나갔다.

1987년 6월 민주화 항쟁 당시 서울 시청 앞 광장에 모인 100만 인파가 시위의 시작과 끝을 알리며 부른 노래는 '진짜 애국가'가 아닌 바로 이 노래였고, 경찰의 고문으로 숨진 박종철 군의 아버지 박기정 씨가 아들의 재를 뿌리며 부른 곡도 바로 이 노래였다. 어려웠던 시절, 경찰은 마지못해 시위대를 막았고 시위대는 동년배 전경들을 증오보다는 측은함으로 상대했다. 부상자가 속출했지만 그래도 그들 서로서로 무언의 교류가 있었다. 화염병과 최루탄 속에서도 우정은 꽃피고 한 판 엉킨 뒤 뒷골목에서는 담배를 나눠 피는 모습도 종종 눈에 뜨였다. 〈임을 위한 행진곡〉은 그런 시절의 노래였다.

어두운 시대의 진혼곡

1980년 광주민중항쟁 이후 음성적으로 불렸던 이 노래는 이후 상당 기간 운동권은 물론 일반 대중에게까지 아낌없는 사랑을 받았다. 재미있는 것은 시위 진압에 지친 전경들이 단체 회식 때 부른 노래도 이 곡이었고, 한동안 화이트칼라들이 연말 송년모임 때 마지막으로 부르는 노래도 이 곡이었다. 심지어는 강남 룸살롱의 '나가요 걸'까지도 다투어 불렀고 나중에는 제3세계 운동권에까지 수출되기도 했다니 한류의 원조쯤이나 된다고나 할까.

동지는 간 데 없고 깃발만 나부껴
새날이 올 때까지 흔들리지 말자
세월은 흘러가도 산천은 안다
깨어나서 외치는 뜨거운 함성
앞서서 나가리 산자여 따르라

〈솔아 솔아 푸르른 솔아〉와 함께 1980년대를 관통한 이 노래는 운동권 가요도 대중가요가 될 수 있다는 첫 사례로 인정받았다. 그래서 사람들은 노래방에서, 봄 가을 직원단합대회에서 스스럼없이 이 노래를 불렀다. 사이가 안 좋은 사람도, 사내 라이벌도 이 노래를 부르는 순간만큼은 모두가 동지였다고들 한다. 맞다. 한 시절, 우리는 모두 한마음으로 불렀다.

그런 만큼 이 노래는 별명도 많다. '민중의 애국가', '우리 시대의 마지막 민요', '어두운 시대의 진혼곡' 등 별명들은 한결같이 노래가 암울한 시대의 산물임을 증거하고 있다. 널리 알려진 대로 당초 이 노래는 독립곡으로 만들어진 것이 아

윤상원과 박기순의 합장묘.

니라 노래극 넋풀이에 삽입됐던 곡이다. 탄생 뒷얘기는 조금씩 다르지만 여러 매체에 등장한 줄거리를 종합하여 인용해보면 대개는 다음과 같이 정리된다.

1980년 민주화의 기쁨과 기대도 잠시 군부의 등장으로 패배감과 자괴심의 깃발만 나부끼던 1981년 늦가을, 광주 운암동 소설가 황석영의 집 2층 구석방에 이 지역 문화운동패 10여 명이 모여들었다. 황 씨를 비롯해 윤만식 전 놀이패 '신명' 대표, 오창규(전남대 연극반 출신), 임희숙, 대학가요제 출신의 김종률(당시 전남대 경영학과 4학년) 등이 모였는데, 모임은 〈빛의 결혼식〉으로 이름 지어진 노래극 넋풀이 제작을 위한 것이었다.

〈빛의 결혼식〉은 광주항쟁 당시 시민군 대변인으로 도청에서 숨진 윤상원과 그의 대학 후배로 1979년 겨울, 노동현장에서 숨진 박기순의 영혼결혼식을 모델로 한 것이었다. 외부와 완전히 차단된 밀폐된 골방에서 꽹과리, 징, 기타, 카세트 녹음기 등의 소도구만을 갖고 작업을 시작한 지 한 달 만에 대강의 노래극이 완성됐다.

통곡의
외침

그러나 노래극의 마지막 부분에 들어갈 〈부활의 노래〉를 만드는 일이 난산이었다. 영혼결혼식의 주인공인 두 남녀가 자신들의 죽음 때문에 괴로워하는 산 자들을 격려하는 노랫말 찾기가 쉽지 않았다. 고민 끝에 누군가가 당시 지하 유인물에 실렸던 재야운동가 백기완의 〈묏비나리 : 젊은 남녘의 춤꾼에게 띄우는〉를 찾아냈다.

먼저 간 투사들의 분에 겨운 사연들이
이슬처럼 맺히고
어디선가 흐느끼는 소리 들리리니
사랑도 명예도 이름도 남김없이
한평생 나가자던 뜨거운 맹세
싸움은 용감했어도 깃발은 찢어져
세월은 흘러가도
굽이치는 강물은 안다

황석영이 시 구절을 노랫말에 맞게 고친 뒤 대학가요제 출신

김종률이 밤샘 작업 끝에 곡을 붙였다. 완성된 노래가 불리어지자 방 안 곳곳에서는 흐느낌이 배어나왔고 그것은 마침내 통곡의 외침으로 변했다.

이들의 외침은 넉달 후 1982년 봄, 전국 대학의 집회와 노동 현장에서 거대한 함성으로 되살아났다. 비밀리에 복제된 테이프를 입수한 대학가 노래패와 연극 동아리들에 의해 소개된 노래는 서슬 퍼런 당국의 단속과 탄압에도 불구하고 입에서 입으로 전해져 그날 이후 모든 집회의 처음과 끝을 장식하는 필수곡으로 자리매김한다.

노래가 확산되면서 선율이 주는 비장미와 함께 노랫말이 던지는 궁금증 등이 맞물리면서 여러 가지 소문들이 나돌았다. '광주항쟁 당시 뿌려진 유인물에서 채록됐다', '도청에서 숨진 대학생이 남긴 유서다' 등이 주된 소문이었다. 그러나 노랫말의 모태가 된 〈묏비나리〉는 1979년 YMCA 위장 결혼식 사건의 주모자로 붙잡힌 백기완이 모진 고생을 하며 서울 서대문교도소에서 1980년 말쯤 지은 시다. 그는 언론 인터뷰에서 이렇게 회고했다.

> 찬 시멘트 바닥에 누워 천장에 매달린 15촉 전구를 보고 있노라면 '이대로 죽는구나'라는 절망에 몸부림칠 때가

> 많았다. 극한 상황에서 자꾸만 약해지는 정신을 달구질하기 위해 비나리 시詩를 지어 주문처럼 외우고 또 외웠다.

이렇게 쓰여진 그의 시편들은 고문의 후유증 때문에 병원에 입원해 있을 때나 경기도 덕소의 한 농장에서 요양 중일 때 의사나 간호원, 문병 온 후배들에 의해 전해졌다고 한다. 그러던 중 백 씨는 1983년 2월 대구에서 열린 '기독교예장 청년대회'에 참석했다.

"막 연단에서 나서는데 앉아 있던 청년들이 일제히 일어나 노래를 부르더군요. '사랑도 명예도 이름도 남김없이…' 그 노래를 듣고 있는데 왜 그리 설움이 복받치던지. 한동안 펑펑 울었습니다."

오랫동안 재야에서만 노래로 불리던 그의 시 〈묏비나리〉는 민주화 이후 1990년 12월 시집 《젊은 날》에 실림으로써 정식 출판물에 수록됐다. 그리고 〈임을 위한 행진곡〉도 이듬해 4월 '노래를 찾는 사람들'의 3집 음반에 공식적으로 담겨져 불법 딱지를 떼어냈다. 노래극 넋풀이가 만들어진 지 10년 만에 노래와 시의 온전한 복원이 이루어진 것이다. 그리고 그 10년 세월은 노래극 제작에 참여했던 이들의 삶에 많은 굴곡을 가져왔다.

새날을 향한
민중의 염원

비록 예전의 사자후 같은 포효는 보기 어렵지만 민중 운동가 백 씨는 여전히 백발이 성성한 모습에 두루마기 차림으로 거리를 활보하고 있다. 더구나 그는 1998년 "이 노래의 주인은 새날을 염원하는 모든 민중"이라며 "저작권 행사를 하지 않겠다"고 밝혀 "역시 백 선생이다"라는 찬사를 받았다.

작곡자 김종률은 재야에서 재조(?)로 들어온 느낌이다. 그는 고위 공무원 격인 광주문화재단 사무처장이다. 그는 이에 앞서 1979년, 제3회 대학가요제에 참가하여 지극히 사적

이고 감성적인 노래 〈영랑과 강진〉으로 은상을 수상했다. 또한 세계적인 음반사 BMG와 소니뮤직엔터테인먼트 대표이사도 지냈다. 그가 그리 크지도 않은 지방 문화재단으로 자리를 옮겼는데도 많은 언론이 일제히 〈임을 위한 행진곡〉의 작곡자가 광주 문화재단 사무처장에 취임한다는 사실을 앞다투어 전했다. 노래의 영향력을 웅변해주는 대목이다.

사실 1980년대 민주화 과정에서 수많은 국민이 애창한 이 노래는 이젠 5·18을 넘어 대한민국 민주화를 상징하는 문화유산으로 자리 잡았다. 특히 현재 우리사회 주류를 이루는 386세대에게는 비록 운동권이 아니더라도 한 번쯤은 들어보고 불러본 노래로, 광주의 노래에서 한국의 노래로 자리매김한다. 그래서 제2의 애국가라는 수식어가 따라 다닌다.

그러나 노래는 정치권에서는 여전히 논란 속에 있다. 1981년 만들어진 이후 5·18을 상징하는 노래가 됐으나 재야에서만 불려지다가 1997년 5·18이 국가기념일로 지정되면서 〈임을 위한 행진곡〉도 추모곡으로 지정되었다. 2004년 5·18 기념식 때는 노무현 당시 대통령이 참석해 함께 노래를 불렀으며 당시 야당 대표였던 박근혜 대통령도 참석했다. 이명박 전 대통령도 취임 첫해인 2008년 기념식에 참석해 대형 스크린에 나오는 가사를 보며 따라 부른 일도 있다. 이후 이명

박 정부는 기념식에서 이 노래의 퇴출을 시도한 끝에 2009년에는 노래 제창이 식전행사로 밀렸고, 2010년에는 이에 반발한 5·18단체들이 기념식을 따로 치르기도 했다. 2011년과 2012년에는 제창이 아닌 합창단의 합창으로 변경되었다. 2013년에는 박승춘 국가보훈처장이 5·18 기념행사에서 부를 별도의 공식 기념노래 제정을 추진하겠다고 말해 논란이 됐다.

다시
4월이 오면

정치권에서의 논란과는 별개로 이 노래는 나라 밖에서도 큰 인기를 끌고 있다. 동남아 국가 시위 현장에서 단골로 불리는 노래가 이 곡이다. 손동작, 몸동작까지 1980년대 우리의 것을 고스란히 빼다 박았다. 그네들이 보기에는 대한민국이 민주화 선진국, 아마 이 노래를 부르면 자신들에게도 민주화가 이루어질 것이라는 염원이 담겨 있지 않을까. 어쨌든 노래는 세월을 거치면서 이제는 대항의 노래, 투쟁의 노래라기보다는 그 시절을 추억하는 회고의 노래쯤으로 인식된다. 그래서 2002년 월

드컵 당시 붉은 악마들이 선정한 공식 응원가에도 이 노래가 등장한다. 그날 경기장에 울려 퍼지는 노래에서 더 이상 처절한 비장미는 찾아보기 어려웠다.

국립 5·18 민주묘지, 속칭 망월동 국립묘지에서도 봄은 찾아오고 있다. 고개를 들어 낮달을 쳐다보니 멀리 무등산 기슭에는 잔설이 남아 있다. 마지막 미련을 간직한 채 응달에 숨어 있던 눈들도 4월이 올 때쯤이면 사라진다. 4월이 오면 지난겨울의 기억은 이제 간 데 없고 사람들은 새봄의 희망을 얘기한다. 판도라의 상자가 용케 붙잡은 희망은 그래서 유독 4월에 더욱 도드라지고 세월의 무상함을 느끼게 한다.

격동의 세월 속에 깨어진 보도블록을 던지며 "산 자야 따르라"를 목놓아 외쳤던 나도, 작곡자도, 핏발 선 눈으로 불렀던 사람들도 이제 중년이 되었다. "세월은 흘러가도 산천은 안다…" 그날 종로에서, 신촌에서 돌을 던지며 눈길이 마주쳤던 그 단발머리 여대생은 지금 어디서 무얼 할까.

아직은 바람이 싸늘한 망월동 묘지에서 들려 나오는 〈임을 위한 행진곡〉을 들으니 문득 스크럼을 짜고 종로 뒷골목을 돌아다니던 젊은 날의 내가 보인다. 그렇게 노래와 함께 우리들의 청춘도 흘렀다.

#05

5장.

노래에 살고 사랑에 살다

人生一曲

세월이 가면

박인희

지금 그 사람은 이름은 잊었지만
그 눈동자 입술은 내 가슴에 있네
바람이 불고 비가 올 때도
나는 저 유리창 밖 가로등
그늘의 밤을 잊지 못하지

사랑은 가도 옛날은 남는 것
여름날의 호숫가 가을의 공원
그 벤치 위에 나뭇잎은 떨어지고
나뭇잎은 흙이 되고 나뭇잎에 덮여서
우리들 사랑이 사라진다 해도
내 서늘한 가슴에 있네

사랑은
가도
옛날은
남는 것

시인 박인환은 서른 남짓 나이에 세상을 떠났다. 그러나 생머리를 곱게 묶고 나타난 가수 박인희를 통해 새롭게 태어났다. 박인희가 부른 박인환의 시 〈세월이 가면〉을 들으며 사람들은 흘러간 사랑을 추억했다. 이 노래를 들으면 일순간 마음이 따뜻해지는데, 그건 우리가 그만큼 나이가 들었기 때문이다.

열아홉 시절, 지금의 수능시험격인 예비고사를 앞두고 잠깐 가출을 했다. 무작정 서울로 가는, 지금은 역사 속으로 사라진 비둘기호 완행열차에 몸을 실고 떠난 가출은 대전역에서 가락국수를 먹고 돌아오는 해프닝으로 끝났다.

그해 11월은 몹시도 추웠다. 부실한 옷으로 인해 낡은 열차의 창틈으로 들어오는 냉기에 몸서리를 치며 돌아오는 길, 나는 우연히 옆자리 앉은 군인 아저씨의 낡은 트랜지스터 라디오에서 한 노래를 듣게 된다.

지금 그 사람은 이름은 잊었지만
그 눈동자 입술은 내 가슴에 있네
바람이 불고 비가 올 때도
나는 저 유리창 밖 가로등
그늘의 밤을 잊지 못하지

박인희의 〈세월이 가면〉이다. 양말을 신었는데 새끼발가락은 무척 시렸고 유리창에 비치는 얼굴조차 꽁꽁 얼었던 11월 중순의 깊은 밤이었다. 그러나 그때는 그 노래가 그리 유명한지도 또 누가 부르는지도 몰랐다. 그저 이토록 맑은 목소리가 있구나 하는 정도의 느낌만 가졌을 뿐. 대학에 들어갔다. 어려웠던 권위주의 시대, 대학은 진저리나도록 싫었고 현실에서의 탈출과 일탈만을 꿈꾸던 철없던 시절, 여름 농촌 봉사활동은 '아 기다리고 기다리던' 낙이자 젊음의 해방구였다. 그 시절 봉사활동이란 대개 여러 대학이 합동으로 뭉쳐서 벌였다. 그래야

선남선녀들이 봉사활동 외에 그 무엇을 기대하지 않겠는가. 그러니 그만큼 기대도 컸고 가지가지 뒷얘기도 많이 잉태했다. 농촌 봉사활동은 피임교육과 피부병 등을 치료해주던 의대생과 간호대생들이 주축이었고, 나를 비롯한 비의대생들은 당연히 논길 넓히기 등 몸으로 때우는 일들을 맡았다.

생머리를 곱게 묶은 그녀

여름 봉사활동의 피날레는 당연히 마지막 날 밤이다. 내일이면 전국에서 모여든 청춘들이 열흘간의 만남을 끝으로 저마다 고향으로 보따리를 싸서 떠나게 된다. 금빛으로 빛나던 청춘의 한 시절, 이십 대 초반의 젊음이 만난 만큼 아쉬움도 엄청났다. 그런 아쉬움과 설렘은 대개 마지막 밤의 캠프파이어가 위로하는 역할을 했다. 시골국민학교 운동장 한가운데 둥그렇게 둘러앉아 모닥불을 피워놓고 돌아가며 노래를 불렀다.

> 모닥불 피워놓고 마주 앉아서
> 우리들의 이야기는 끝이 없어라

인생은 연기 속에 재를 남기고
말없이 사라져간 모닥불 같은 것

맞다, 그랬다. 그때 우리들의 얘기는 끝이 없었고 중년이 된 지금 이 순간 곰곰이 생각해보니 인생은 말없이 사라져가는 모닥불 같다는 말이 새삼 실감난다.

〈세월이 가면〉과 〈모닥불〉 두 노래는 모두 가수 박인희가 불렀다. 지금의 기성세대가 누구나 한 번쯤 보고 싶어 하는 그리움의 가수다. 함초롬한 이미지에 생머리를 곱게 묶은 그녀는 어느 순간 나타났다가 태평양 건너 미국으로 훌쩍 사라져 갔다. 지난 수십 년 동안 서울행 발걸음을 딱 끊어 이제 그녀의 근황을 아는 사람조차 드물다. 미국 LA 인근에서 방송 활동을 한다더라 정도의 소문만 흘러 들릴 뿐, 복고풍에 힘입어 웬만한 옛날 가수들이 텔레비전에 얼굴을 비추는 것과는 대조적으로 국내 언론에 전혀 등장하지 않고 있다.

가수 박인희의 출발은 '뚜아 에 무아Toi et Moi'다. 해외여행은 언감생심 꿈도 못 꾸고 그저 경복궁 옆 알리앙스 프랑세스나 남산의 괴테 하우스에 가서 이국정서를 맛보던 시절 당시로서는 생경한 보컬 이름을 들고 나타난 그녀다. '뚜아 에 무아'는 불어로 '너와 나'라는 뜻인데 영어가 아닌 불어로 팀명을 짓

그림자 벗을 삼아 걷는 길은 서산에 해가 지면 멈추지만
마음의 님을 따라 가고 있는 나의 길은 꿈으로 이어진 영원한 길.
박인희의 〈방랑자〉가 떠오른다.

는다는 것부터 남달랐다. 아마 영어를 한수 아래쯤으로 보거나 아니면 그 시대를 풍미했던 샹송의 영향이 있지 않았을까 짐작될 뿐이다. 당시 연애소설의 주인공으로도 '불문과' 여대생이 곧잘 등장하던 시기였다. 1968년 가을, '뚜아 에 무아'는 록그룹 타이거스의 리더로 활약하던 이필원과 당시 록음악의 메카였던 미도파 살롱의 인기 DJ이자 숙대 불문과에 재학 중이던 박인희가 만나서 결성되었다. 우연히 함께 부른 에벌리 브라더스의 〈Let It Be Me〉가 계기가 되었다고 한다.

'뚜아 에 무아'는 그야말로 전설적인 포크 명곡을 남기며 당시 젊은이들의 사랑을 한 몸에 받았다. 초창기에는 〈스카브로우의 추억〉이나 〈썸머 와인〉 등 번안곡을 불렀으며 "그리운 사람끼리 두 손을 잡고 도란도란 얘기하며 걸어가는 길"로 시작되는 〈그리운 사람끼리〉를 비롯하여 〈약속〉, 〈님이 오는 소리〉 등 적잖은 맑은 노래들을 남겼다. 그래서 사람들은 그들의 노래를 일컬어 '영혼에 호소하는 사람의 목소리가 전하는 가장 맑은 노래'라는 수식어를 선사했다. 지금도 유튜브에서 관련 단어를 치면 그들을 그리워하는 온갖 상찬과 노래들이 빼곡하다. 어쩌면 이토록 맑은 목소리로 이 고운 노래를 부를 수 있느냐는 것이 대체적인 내용이다.

박인희의 진가는 천상의 화음이라던 듀엣이 깨지고 솔

로로 독립하면서 더욱 빛을 발하는데, 그 정점에 〈세월이 가면〉이 있다. 이 노래의 탄생 과정이나 그 의미, 파급 등은 새삼 재론의 여지가 필요하지 않다. 그녀에 대한 기성세대들의 절절한 그리움은 유튜브나 인터넷 공간에 엄청나게 나타난다.

> 텅 빈 가슴을 음악으로 채워 넣던 시절. 당신의 음악은 너무 사랑스럽고 그리워 눈물이 납니다. 어려운 시대에 정말 좋은 음악으로 위로해주었던 우리 시대의 가수 박인희 님, 잘 계시지요. 아무리 멀리 있어도 있는 곳만 알면 달려가서 만나고 싶습니다. 어디에 계시나요.

> 세월은 가도 역시 그 아름다운 시에 그 곱고 그리운 목소리 잊을 수 없구려. 박인희는 가수인지 시인인지 아니면 둘 다인지 참으로 아름다움이 무엇인지를 잘 보여주었지요. 많이 궁금하고 보고 싶구려.

이뿐만 아니다. "다시 못 올 천국 같은 그 시절이여"에서 시작해 "그리운 박인희! 너무 사랑해요. 너무 보고 싶어요. 잊지 못할 그리운 그 목소리! 내 서늘한 가슴에 있네" 등 그리움의 마음이 사무치게 담겨 있다.

시인과
가수의 만남

노래 〈세월이 가면〉은 알려진 대로 고故 박인환의 시에 극작가이자 당시 〈경향신문〉 기자였던 이진섭이 곡을 붙인 것이다. 일제 강점기인 1926년 태어나 6·25 휴전 3년 뒤인 1956년 3월 고작 서른 남짓한 나이로 세상을 하직한 시인 박인환의 존재를 한국인에게 각인시켜준 노래다.

불안했던 시대, 전쟁으로 인한 폐허의 상처를 위로하기 위해서는 이 같은 낭만적 노래가 있어야만 했는가 보다. 그래서 명동의 어느 초라한 주점에서 가난한 시인은 이처럼 애틋한 회상의 시를 토했고, 그의 벗 이진섭은 즉흥적으로 곡을 붙였으며, 노래가 세상에 나온 지 꼭 일주일 만에 세상을 떠났다.

그에 대한 시단의 평가는 엇갈리지만 이 시는 애상적인 노래 곡조에 힘입어 한국인들에게 메가톤급 사랑을 받았다. 그래서 〈세월이 가면〉은 술집 상호로, 드라마 제목으로, 그림 제목으로 등장했으며 실제로 후배 가수들에 의해 셀 수 없을 만큼 자주 불려 왔다. 몇 년 전에는 EBS에서 특집 다큐멘터리로 재조명하기도 했다.

정말 알 수 없는 것은 박인환의 시들이 박인희의 노래로 인해 빛을 발했다는 사실이다. 실제로 널리 알려진 박인환의 시 〈목마와 숙녀〉, 〈얼굴〉 역시 박인희의 노래와 낭송으로 대중에게 더욱 알려지게 된다. 그래서 가수 박인희가 박인환의 친척이라고 알고 있거나 잘못 우기는 사람도 주변에는 더러 있다.

그러나 묘하게도 이름이 너무 닮아 오누이쯤으로 착각하게 할 뿐 그 어디에도 연결고리는 없다. 박인환은 강원도 인제 출신에다 고작 서른에 세상을 떠났고, 박인희는 1945년생 해방둥이다. 따라서 박인환이 작고했을 당시 초등학생에 불과하거나 아니면 동기 동창인 이해인 수녀와 함께 수다를 떨던 풍문여중생일 뿐이다. 그러니까 죽은 박인환을 유명하게 만든 사람은 묘하게도 이름만 비슷할 뿐 전혀 인연이 없던 가수 박인희인 셈이다.

그렇지만 박인환의 고향 인제읍에 세워진 그의 기념문학관에도 박인희의 노래로 유명해진 그의 시들이 전면에 나서 찾는 이들을 반기고 있다. 문학관에 들어서자 박인희의 노래들이 나즉이 흘러나온다. 〈세월이 가면〉이 작곡될 당시의 명동거리가 재현되어 있으며 박인희의 앨범 재킷이 진열되어 있다. 전쟁이 할퀴고 간 황량한 명동의 풍경을 재현해놓은 주점에서 노래 〈세월이 가면〉이 탄생되는 순간이 조각상으로 고스란히 남아 있다.

묵직한
그리움

사실 〈세월이 가면〉은 좀 특별한 노래이고 시다. 지나치게 감상적이고 신파조라고 비판하는 이도 있지만, 사람들은 이 노래가 던지는 인간이 지니는 숙명적인 의미에 고개를 숙이게 된다. 〈세월이 가면〉을 들으며 사람들은 술을 마시고, 흘러간 사랑을 추억한다. 그래서 그 순간만큼은 사랑이 무르익던 여름날 호숫가며, 가을날의 낙엽 지던 공원을 그리워하게 되는 것이다. 그래서 지금은 기억조차 희미한 기쁜 우리 젊은 날을 연상하고 가버린 젊음과 사랑을 추억하며 묵직한 그리움에 젖게 된다.

노래 〈세월이 가면〉은 시인 박인환을 다시 보게 하는 기제가 되고 노래로 인해 박인환과 박인희 두 사람은 가상의 오누이 같은 존재로 남게 된다. 그래서 망우리 공원묘지 박인환의 묘비석에도 〈세월이 가면〉이 오롯이 새겨져 있다.

사람들은 박인희의 이 노래를 두고 기막히다고 표현하

기도 한다. "사랑은 가도 옛날은 남는 것, 여름날의 호숫가 가을의 공원 … 우리들 사랑이 사라진다 해도 내 서늘한 가슴에 있네"로 끝나는 노래를 듣노라면 진하디 진한 그리움에 숨이 턱 막혀온다고 한다. 센티멘털이나 낭만이라는 단어는 애써 피해야 하는 것으로 알아온 젊은 시절과 달리 나이가 들수록 그리고 스스로가 늙어간다고 느낄수록 〈세월이 가면〉을 가만히 부르고 듣게 된다. 마치 "사랑은 가도 옛날은 남는 것"과 같은 이치다. 까닭은 알 수 없지만 〈세월이 가면〉을 들으며 사람들은 일순간 마음이 따뜻해져오는 것을 느끼게 되는 것이다.

그러나 이 노래를 들으며 상념에 젖는 사람은 이제 더 이상 청춘은 아니다. 이렇게 세월을 보내서는 안 되는데, 이렇게 허무하게 보내면 안 되는데 하는 사이에 세월이 참 많이도 갔다. 삶이란 두루마리 화장지처럼 얼마 남지 않게 되면 점점 빨리 돌아가게 된다. 세월은 너무 빨리 갔고, 그 여름 봉사활동이 끝나는 밤, 사위어 가는 모닥불 앞에 쪼그리고 앉아 〈세월이 가면〉을 함께 불렀던 그때 그 자리에 있던 사람들은 지금은 다 어디서 무얼 하며 살고 있을까. 박인희의 〈세월이 가면〉을 들으면 그 시절로 돌아가고 싶어 코끝이 찡해진다. 그리고 노래 속에는 모닥불 피워놓고 젊은 눈빛을 반짝이던 스무 몇 살의 내가 있다.

한계령

양희은

저 산은 내게 우지 마라 우지 마라 하고
달 아래 젖은 계곡 첩첩산중
저 산은 내게 잊으라 잊어버리라 하고
내 가슴을 쓸어 내리네
아 그러나 한줄기 바람처럼 살다 가고파
이 산 저 산 눈물 구름 몰고 다니는
떠도는 바람처럼
저 산은 내게 내려가라 내려가네 하네
지친 내 어깨를 떠미네

아 그러나 한줄기 바람처럼 살다 가고파

이 산 저 산 눈물 구름 몰고 다니는

떠도는 바람처럼

저 산은 내게 내려가라 내려가라 하네

지친 내 어깨를 떠미네

저 산은 내게 내려가라 내려가라 하네

지친 내 어깨를 떠미네

한 줄기 바람처럼 살다가고 싶다

집 나간 어머니를 기다리던 정덕수의 눈에 비친 한계령. 초등학교를 나온 뒤 서울의 다방을 전전하며 시를 쓰던 열여덟 살의 정덕수가 노랫말을 지었다. 노래를 들으면 시간은 거꾸로 흐른다. 스물한두 살, 그 시절로 돌아가고 싶어 눈시울이 젖는다. 그때로 돌아가면 행복할 수 있을까. 어둠에 물든 산은 내려가라며 어깨를 떠민다.

열여섯 살 겨울, 연탄을 때는 공부방은 냉기로 가득 찼다. 나일론 양말을 신었지만 발은 시렸고 창호 문풍지 틈으로 겨울바람이 매서웠다. 바늘구멍에 황소바람이란 말이 실감 났다. 한겨울에도 더운 물이 콸콸 나오는 아파트에 사는 지금의 세대가 과연 이 말이 던지는 의미를 알겠는가. 대입 공부를 하다가 지칠 때 쯤이면 나는 방구석에 동그라니 서 있는 통기타를 들었다. "너의 침묵에 메마른 나의 입술 / 차가운 네 눈길에 얼어붙은 내 발자국"으로 시작하는 〈이루어질 수 없는 사랑〉, 양희은의 노래였다. 서투르게 어쿠스틱 통기타를 들고 노래를 부르고 있는 순간만큼은 입시의 스트레스도 추위도 몰랐다. 끝자락인 "저엉녕 저엉녕 너를 사랑했었다고"를 부를 때쯤이면 문득 나의 미래를 상상하곤 했다. 혹시나 노래 제목처럼 비극적인 사랑을 하게 될지도 모른다는 생각을 불쑥하며 불렀지만 나는 순진한 십 대 고교생일 뿐이다.

양희은의 노래는 지금의 386세대와 함께 간다. 물론 386세대에게 그녀는 한참 누이 벌이다. 송창식, 윤형주 등 이른바 통기타 세대들은 지금의 386세대보다 적게는 10년 정도 나이가 많다. 그러나 당시 노래들은 요즘처럼 촘촘하게 세대 간 차이가 크지 않았고 어머니나 형, 누나가 부르던 노래를 다 같이 따라 불렀다. 이미자, 나훈아, 남진 등 어머니가 좋아하는 노래는 곧 까까머리 고교생들도 좋아하는 그런 모양새였다.

한계령 정상에서 본 풍경, 산 아래 골짜기

양희은스러운 클래식 포크

양희은, 지금 세대에게는 그저 텔레비전에 나와서 수다를 즐기는 펑퍼짐한 아줌마 정도로 인식되지만 이 땅의 기성세대에게는 무한한 의미를 던지는 이름 석자다. 그래서 기성세대는 여전히 청바지를 입고 기타를 들쳐 멘 청순하고 늘씬한 청년 문화의 상징으로 그녀를 자연스레 떠올리게 된다. 청춘의 시절, 공부방 구석에는 세고비아 기타가 우두커니 서 있고 세광출판사에서 나온 노래책들은 《성문종합영어》와 《수학의 정석》 사이에 당연히, 그리고 보란 듯이 자리 잡고 있었다.

당시 노래책에는 기타 코드가 명기되어 있었는데 대부분의 386세대들은 그 책들을 보며 혼자 기타를 익혔다. 그런 순간의 중심에 있는 노래가 양희은이 부른 〈이루어질 수 없는 사랑〉이다. C-A min-D min-G 코드 4개만 알면 별 어려움 없이 부를 수 있어 기타 초보자들이 가장 선호하는 연습곡이다. 슬로우 록으로 분류되는 노래는 단출한 코드 덕분에 기타를 배우기에는 딱 들어맞았다. 마치 골프에 입문할 때 레슨 프로들이 7번 아이언 클럽을 달랑 쥐어주며 한 달 내내 7번만 휘두르라고 하는 것과 같은 이치다.

양희은이 부른 노래는 너무 많다. 김민기의 〈아침이슬〉도 대중들에게는 양희은 노래로 인식된다. 헤르만 헤세의 글에 곡을 붙인 〈작은 연못〉 그리고 〈하얀 목련〉, 〈한 사람〉, 〈들길 따라서〉, 미국 민요 〈Merry Hamilton〉을 번안하여 부른 〈아름다운 것들〉 등이 생각난다.

그는 포크 음악이 주류 음악으로 자리매김하던 1970~80년대를 대표하는 보기 드문 여가수였다. 그러나 1980년대 중반 이후, 양희은은 조금 애매한 모습을 띠었다. 가수라기보다는 오락 프로그램에 자주 출연해 호탕한 웃음소리와 함께 수다나 떠는 이웃집 아줌마의 모습을 보인 것이다. 뒤늦게 아름아름 알려진 〈사랑, 그 쓸쓸함에 대하여〉는 물론 의심할 바 없는 명곡이지만, 1970~80년대 청아했던 톤은 사라지고 우스갯소리나 하는 그렇고 그런 대중 연예인으로 자리매김하게 된다.

쉽게 모방하기 힘들 만큼 고유한 색을 가진 예전의 압도적인 존재감과 위상에 비한다면 그녀의 음악 만들기는 무척 게을렀다. 실제로 무슨 연유인지 모르지만 그녀는 달라졌다. 나이와 무관하게 여전히 매력적인 목소리였지만 그녀는 변했고 그래서 많은 사람들은 실망해서 그녀 곁을 떠났다. 기성세대에게 존재감만 있고 현실감은 없다는 세간의 평가도 그런 점에서 기인한다. 그녀의 노래를 듣고 부르고 함께 세월을 버

텨온 지금의 기성세대, 이른바 386세대들에게 그녀의 이름은 점차 빛을 잃어갔다.

그러나 그런 양희은의 존재감을 유지해주는 노래가 있다. 바로 〈한계령〉이다. 노랫말이 주는 깊은 울림과 계절적인 쓸쓸함, 비장미까지 잘 버무려져 있는 〈한계령〉은 양희은의 음색과 절묘한 조화를 이루는 노래다. 그래서 대중에게는 클래식 포크쯤으로 인정된다. 실제로 어느 조사에서 시인들이 가장 좋아하는 노래 1위에 등극하기도 했다. 시인들이 좋아한다는 말은 곧 노랫말이 시 못지않게 서정적이라는 의미로 이해하면 되겠다.

〈한계령〉은 양희은의 노래로 가장 유명하지만 그동안 무려 40여 명이 넘는 가수들이 리메이크해서 불렀다. 이 땅의 웬만한 가수는 모두 이 노래를 불렀다는 의미다. 소프라노 신영옥 등 클래식 가수까지 덩달아 부르고 있다. 그뿐 아니다. 여류 소설가 양귀자는 동명의 소설 작품으로《한계령》을 발표했고, 이 작품은 중등 교과서에 실려 그 위력을 더하고 있다.

한계령의 비장미

그러나 원래 이 노래는 보컬 그룹 '시인과 촌장'의 하덕규가 불렀다. 노래의 탄생도 드라마틱하다. 깊은 감수성의, 웬만한 서정시 뺨치는 노랫말은 무명 시인 정덕수의 작품이다. 문제는 마치 생을 달관한 듯한 몰아일체감의 시를 정 시인이 불과 십대에 지었다는 사실이다.

1981년 정 시인이 불과 열여덟살 나이에 고향 외설악 산행을 하다 연필로 끼적거린 시가 〈한계령〉이다. 좀 더 이야기를 끌어가보면 입이 딱 벌어진다. 시인 정덕수는 초등학교 학력이 전부다. 설악산 오색 약수터 입구 오색초등학교를 졸업한 이래 한줄기 구름처럼 떠돌았다. 그의 나이 여섯살 때 어머니는 집을 나갔다. 어린 나이에 집 나간 어머니를 그리다가 젖은 눈으로 바라본 건너편 산마루가 한계령이다.

곤고했던 그 시대가 그랬듯이 그는 초등학교를 마치고 무작정 서울로 올라와 봉제공장, 철공소에서 막일을 하며 고달픈 생을 이어갔다. 그러나 이 가난한 청년의 꿈은 시인이었다. 그래서 1980년대 서울 시내 문인들이 다니는 술집과 다방은 꿰뚫고 다녔다. 황금찬 시인이 단골이던 을지로입구의 보

구비구비 한계령 고갯길

리수다방, 지금은 없어진 계림극장 옆 청자다방, 동대문야구장(지금의 동대문 디자인 프라자) 맞은편 산장다방이 그가 순례하던 다방이다.

객지를 떠돌다가 열여덟 살 고향에 잠깐 들르는 길에 〈한계령〉를 지었고, 그는 이 시를 들고 음악다방 DJ에게 노래를 신청할 때마다 낭독을 부탁했다. 우연히 이 시를 접한 하덕규가 곡을 붙여 노래가 탄생하게 된다. 오랜 세월 저작권 문제로 가수와 하덕규와 다툼을 벌였으며 지금은 가사 저작권의 절반을 자신이 받게 되었다고 한다. 이렇듯 비감한 노랫말의 원작가가 정덕수로 밝혀지기까지 수많은 시간이 걸렸다.

탄생의 세속적인 우여곡절과는 달리 노래 한계령은 초탈적인 이미지를 지니고 있다. 어떤 이는 이 노래를 들으면 죽고 싶어진다고 한다. 그래서 죽음을 생각나게 하는 지나치게 비장한 노래라는 비판도 있다. 자살 권유가라는 좋지 않은 별명을 달고 다니는 이유다. 실제로 정 시인이 서울 생활에 고달픈 나머지 고향을 찾아 자살을 시도하려다 남긴 유서라는 소문도 있지만 작자는 사실이 아니라고 전했다.

한계령은 익숙하다. 설악산 일대의 풍경이나 지명에 익숙하지 않은 사람에게도 한계령은 이미 너무나 유명하다.

> 오늘은 휴전선 행각의 마지막 날이다. 나는 지금 동부 전선에서도 가장 치열한 격전을 치렀다는 향로봉을 향해서 가는 길이다. 여기는 바로 설악산 한계령으로부터 흘러오는 한계의 시냇가, 발길은 북쪽을 향하면서 눈은 연방 설악산 들어가는 동쪽 골짜기를 바라본다. 30년 만에 다시 보아도 밝은 빛, 맑은 기운이 굽이쳐 흐르는 물소리와 함께 가슴속의 티끌을 대번에 씻어주기 때문이다. 얼마나 아름답고 시원하냐! 그래, 이런 데서 그렇게 피비린내를 풍겼더란 말이냐! 친소親疏도 없이, 은원恩怨도 없이, 싸우다 말고 총을 던지고 냇물에 발이라도 담그고 앉아 도란도란 이야기를 하고 싶은 데가 아니냐!

이쯤 되면 아! 하고 이마를 탁 칠 사람들이 많겠다. 바로 고교 시절 국어책에 나오는 노산 이은산 선생의《피어린 육백리》다. 더러는 그 시절, 까까머리 고교시절의 앨범을 끄집어내는 이도 있겠다.

노산이 휴전선 일대의 격전지를 둘러보며 민족의 비극을 울분에 차서 쓴 기행 수필이다. 강건하고 화려하며 느낌표가 군데군데 난무하다. 분단 현장을 답사하여 역사와 풍경에 대한 생생한 묘사를 했다는 점, 영탄적 표현이 많다는 점이 특징이다.

한국전쟁이 끝난 지 얼마 되지 않은 시절, 글 바닥을 관통하는 기본 정서는 본능적인 애국심이다. 이렇게 불타는 애국 정서가 겉으로 드러나는 글이 좋은 글인지는 모르겠지만 기성세대는 밑줄 좌아악 그어가며 공부했다. 사나운 국어 선생은 전문을 달달 외우게 했다. 암송에 실패하면 발바닥을 맞아야 했던 기억들이 문득 아련해져 온다. 감탄부호 같은 것은 되도록 아끼는 게 격을 갖춘 글로 간주되는 지금의 글쓰기에 비하면 그야말로 감정이 철철 넘치는 노산의 글이다. 덕분에 《피어린 육백리》는 지금 중장년층의 가슴에 살아 펄떡이는 기행문이 되고 있다.

김재규로와 김수근의 휴게소

한계령寒溪嶺은 이름처럼 추운 겨울에 어울리는 고개다. 한계령의 본디 이름은 오색령인데, 이 일대에서 군생활을 한 지금의 중장년층에게는 '김재규로'로 알려져 있다. 1979년 박정희 대통령을 시해한 김재규가 이 일대 4개 사단을 거느린 군단장으로 있던 1971년, 군단 예하 1102 야전공병단을 동원하여 난

공사 끝에 그해 12월 27일 눈보라 폭풍 속에 개설한 도로이기 때문이다. 이후 한동안 김재규로, 오색로로 불리다가 지금은 한계령으로 통일되어 불린다. 그래서 지금도 한계령 정상에는 당시 군단장 김재규를 기리는 준공 기념비가 칼바람에 외롭게 서 있다.

영하 20도를 밑도는 날씨에 볼펜 잉크마저 얼어붙었다. 글이 써지지 않는 무서운 날씨다. 겨울 산행이 금지되어 정상으로 가는 계단은 철문에 굳게 잠겨 있다. 국립공원사무소의 도움으로 찾아본 고개 정상의 위령탑 겸 준공기념비에는 장비도 없이 맨손으로 고갯길을 만들다가 발파 사고로 죽어간 병사들의 이름들이 커다란 화강암에 새겨져 있다. 그러나 증오심에 가득 찬 일부 탐방객이 김재규 이름을 정으로 찧어 놓아 비감함을 더하고 있다. 망자의 이름까지 정으로 쪼아버릴 정도의 극단적인 증오감에 서글퍼지기까지 한다.

노래 〈한계령〉과 더불어 한계령을 빛나게 하는 또 하나는 한계령휴게소다. 전설적인 건축가인 김수근의 작품으로 휴게소는 굳이 무슨 무슨 건축대상 등 화려한 수상 이력을 언급하지 않더라도 보는 순간 대한민국 최고의 휴게소 작품임을 느낄 수 있다. 철골구조에 자리한 목재건물 전체가 모두 그을린 양 검은 색으로 배치되어 배경이 되는 설악의 아름다움을 한껏 돋보이게 한다.

그러나 절제와 관조미의 극치인 휴게소 내부는 조악한 기념품과 어묵 파는 공간으로 변해 있다. 어디 나직이 앉아 "달 아래 젖은 계곡 첩첩산중을 바라보며 이 산 저 산 눈물 구름 몰고 다니는 떠도는 바람"을 느낄 최소한의 여유조차 없는 소란함, 그 자체다. 유려한 외관만 보고 실내는 찾지 않는 것도 한 방법이란 생각이 문득 들었다.

어깨를 떠미는
겨울산

외설악 한계령 아랫동네가 바로 오색약수다. 약수터 입구에 오색초등학교가 있다. 정 시인은 학교 관사에 산다. 초등학교는 정 시인의 아이 2명과 친척 아이 2명을 포함해 전교생이 모두 6명인 초미니 학교다. 하지만 교장, 담임교사, 전담교사, 행정실장, 주무관 등 교직원만 무려 8명이라는 설명은 듣는 이를 깜짝 놀라게 한다.

한겨울 설악을 찾는 이는 많지 않다. 겨울 저녁은 너무 빨리 왔고 펜션과 식당은 칼바람에 움츠리고 있다. 눈 덮인 계곡의 겨울나무들은 외롭고 나무들이 부르는, 아무도 듣지 않는 겨울 노래가 휘파람처럼 들린다. 노래방이 없던 시절, 언젠가 회식자리에서 나는 이 노래를 불렀다. 이 땅에서 피할 수 없는 게 노래 순서다. 폭탄주에 반쯤 취해 노래를 부른다.

아 그러나 한줄기 바람처럼 살다 가고파
이 산 저 산 눈물 구름 몰고 다니는
떠도는 바람처럼

이 노래를 부르려고 생각한 건 아니었는데 그냥 나도 모르게 이 노래가 덜컥 나왔다. 그땐 내가 지금보다 많이 순수했나 보다. 그러나 회식 자리는 일순간 고요해지고 술에 취한 사람은 더욱 거나해진다. 지금은 그때 그 자리에 있던 사람들의 이름은커녕 얼굴조차 생각나지 않는다. 어디서 무엇이 되어 살고 있을까. 이 노래를 들으면 시간이 거꾸로 흘러 스물한두 살의 그때로 돌아가고 싶어 눈시울이 젖어 온다. 그때로 돌아가면 행복할 수 있을까? 어둠에 물든 산은 내게 내려가라며 어깨를 떠민다. 겨울 한계령에 어둠이 내려앉았고 차창에는 중년이 된 한 청년이 가만히 노래를 부르고 있다. 아, 한줄기 바람처럼 살다 가고파.

돌아와요 부산항에

조용필

꽃피는 동백섬에 봄이 왔건만
형제 떠난 부산항에 갈매기만 슬피 우네
오륙도 돌아가는 연락선마다
목메어 불러 봐도 대답 없는 내 형제여
돌아와요 부산항에 그리운 내 형제여

가고파 목이 메여 부르던 이 거리는
그리워서 헤매이던 긴긴날의 꿈이었지
언제나 말 없는 저 물결들도
부딪혀 슬퍼하며 가는 길을 막았었지
돌아왔다 부산항에 그리운 내 형제여

오륙도

긴긴날의 꿈, 저 동백처럼 붉었다

수많은 아줌마 부대를 공연장에 불러내어 '오빠!'를 외치게 한 노래. 반주나 마이크가 없어도 짬뽕 국물에 숟가락 서너 개 걸쳐놓고 목 터지게 부를 수 있는 노래가 조용필의 〈돌아와요 부산항에〉이다. 이제 이 노래는 세월을 이어, 세대를 넘어 불린다. 나이테 많은 거목처럼 세월이 흐를수록 명작의 위엄을 더해간다.

기억이 가물가물하다. 아마 1970년대 끝자락, 지금은 전설 속 과거가 되어버린 그레이하운드 고속버스 안이었을 것이다. 텔레비전을 켜주는 요즈음과 달리 당시 고속버스는 음악을 나지막하게 들려주곤 했다. 선잠에 떨어져 있던 나의 귓가에 인상적인 전자 기타음이 들려왔다.

"빠빠빠빰 빠빠빰 빠빠빰 빠 빠빠밤."

한국인이면 누구나 귀에 익숙한 조용필의 〈돌아와요 부산항에〉 전주 부분이었다. 형, 누나들이 즐겨 듣던, 이른바 세시봉 세대들의 감미로운 통기타 음악에 길들어 있던 나는 전혀 새로운 느낌의 강렬한 비트 사운드에 놀랐다. 도대체 이 가수가 누굴까. 인터넷이 없던 시절, 가끔 들려오는 가요 리퀘스트 프로그램을 통해 간간히 노래가 나오면 귀를 기울이곤 했다. 그날 처음 접했던 노래가 바로 위대한 가왕假王 조용필의 등장을 알리는 전주였음을 눈치챈 것은 세월이 한참 흐른 뒤였다. 〈돌아와요 부산항에〉가 지금은 장년 세대를 한 큐에 이어주는 만인의 노래가 됐지만 개개인에게는 그렇게 소리없이 다가왔다.

지금이야 장르를 규정하기 어려울 정도로 다양한 히트곡을 만들어내는 자타가 공인하는 단군 이래 최고의 가수이지만 오랜 시간 동안 무명시절을 보내던 그에게 노래 〈돌아와요 부산항에〉는 가왕 조용필을 한국인에게 알리게 된 계기가 된다.

한국인이 가장 좋아하는 노래

노래는 1970년대 말 대중에게 알려지며 폭발적인 인기를 얻었다. 하지만 발표는 1972년했다. 황선우가 작사 작곡했으나 작곡 부분은 이 음악의 원곡 가수인 김해일의 〈돌아와요 충무항에〉의 원곡을 일부 수정한 것으로 1990년 저작권 소송에 휘말려 일부 금액을 배상을 하고 마무리된 것으로 알려져 있다. 탄생 과정이 어찌됐건 노래는 지난 세월 '한국인이 좋아하는 가요' 설문에서 압도적으로 1위를 기록하고 있다. 그래서 평론가들은 이 노래를 두고 한국인의 생필품과 같은 곡이라고 평가한다.

이 곡은 한국인에게 부산의 지리적인 정보를 확실하게 각인시켜주는 역할도 톡톡히 했다. 이 곡을 통해 동백섬도 알았고, 오륙도가 바라보는 시각에 따라 5개 또는 6개 섬으로 달리 보여 그런 이름이 붙었다는 사실도 알게 되었다. 더 나아가 노래는 듣는 사람이면 누구나 남녘 항구 도시로의 여행을 꿈꾸게 한다. 시대적 의미까지 부여하는 시각도 있다. 1974년 남북 공동성명에 의해 조성된 남북화해 무드로 1976년에 러시를 이룬 조총련 재일동포 모국방문 시점과도 묘하게 맞물렸다는 음악 외의 정치적인 의미까지 그럴듯하게 부여하고 있는 것이다.

노래는 대중에게 각인되면서 각종 단합대회의 마지막에 등장하는 단골곡이 된다. 대학 엠티에서도, 직장 회식에서도 흥이 최고조에 달할 때쯤이면 등장해 함께 부르는 노래가 〈돌아와요 부산항에〉였다. 처음 알려지기 시작하던 1970년대 말부터 어느덧 40년 가까운 세월의 이끼가 끼었어도 그 위력은 절대지존이다. 불후의 명곡을 단 한곡만 꼽는다면 이 노래가 되지 않을까.

〈돌아와요 부산항에〉는 이 땅의 수많은 아줌마 부대들을 공연장에 불러내어 "오빠"라고 고함 지르게 하는 최초의 노래였다. 그래서 1970년대 지금 기성세대의 감성을 지배했던 폴 모리아 악단 내한공연 당시 악단은 이 곡을 앙코르곡으로 연주하기까지 했다. 당시 타이틀은 'Please Return To Pusan Port'이었다.

전문가들의 분석도 이어진다. 저명 음악평론가 임진모는 재일동포 귀국 행렬과 동백섬, 부산항, 오륙도와 같은 토속 지명으로 대중의 감성을 사로잡은 것 외에 당시 수준으로는 음의 전개가 혁신적인 트로트였다는 점도 빼놓을 수 없다고 높이 평가했다.

〈돌아와요 부산항에〉는 가수 조용필을 국가적인 인물로 자리매김하는 데 결정적인 역할을 했다. 국가 기간 통신사인 연합통신이 1995년 광복 50년을 맞아 반세기 한국사회를 움직인 대표적 인물 50명을 선정했는데, 가수로는 유일하게 조용필이 포함되었다. 1975년 〈돌아와요 부산항에〉로 등장해 한국 대중음악을 세계적인 수준으로 끌어올렸다는 것이 선정 이유였다.

이 노래를 관통하는 단어는 첫머리에 등장하는 "꽃피는 동백섬"이다. 노래가 원인을 제공했는지 분명치는 않지만 공교롭게도 부산의 상징꽃은 동백꽃이고, 상징나무는 동백나무다. 그래서 부산에 가면 동백꽃을 딴 상호가 곧잘 눈에 띈다. 해운대 바닷가에 우뚝 서 있는 웨스틴 조선호텔의 커피숍도 동백이라는 뜻의 '카멜리아Camellia'다. 1980년대 초까지는 '동백'이었는데 촌스럽다고 생각했는지 어느 틈에 영어 이름으로 갈아치웠다. 부산과 일본 시모노세키를 오가는 부관페리의 이름도 '카멜리아호'이고, '카멜리아 아파트'도 있다.

불운했던
정한의 꽃

요즘에야 제법 대접을 받지만 동백꽃은 오랫동안 억울한 시절을 겪었다. 울릉도와 제주도를 비롯한 남부 지방과 서해안 대청도에 걸쳐 자생하지만, 한때 왜색이 짙다는 등 일본을 대표하는 식물로 오해받기도 했다. 1964년 무려 35주 동안 가요 순위 1위를 차지하던 이미자의 〈동백 아가씨〉가 오랫동안 금지곡이 된 데는 동백나무 자생지가 일본이라는 무지가 한몫했다고 전한다.

그러나 비단 〈동백 아가씨〉나 "꽃피는 동백섬에 봄이

왔건만"의 조용필의 노래가 아니더라도 동백꽃은 한국인의 꽃이다. 시간을 거슬러 봐도 동백꽃을 향한 한국인의 사랑은 상상을 초월한다. 누군가가 한국 사람에게 가장 좋아하고 또 애틋한 꽃을 들라면 아마도 많은 사람들이 동백꽃을 들지 않을까. "아우라지 뱃사공이 오기도 전에 싸리골 동백이 다 떨어진다"는 〈정선 아리랑〉도 있고 "동백꽃 쓸어안고 울던 옛날"이 그립다는 이난영의 〈목포는 항구다〉도 있다.

동백, 한국인에게 더없이 애틋한 꽃이지만, 꽃 중에서는 구석에 있는 변두리 꽃에 다름 아니다. 그래서 더욱 많은 한국인들은 이 꽃을 기쁨보다는 슬픔과 비련의 대상으로 읊어왔다. 호사가들은 동백꽃을 두고 "한국인들의 삶 속에 녹아 있는 정한의 꽃"이라고 말한다. 동백꽃은 빈한하고 억눌려온 한국인들에게는 위로하는 매개체가 된다. 동동구리모와 함께 1960~70년대 간난했던 이 땅의 여인들이 숨겨두고 아끼며 발랐던 머릿기름이 바로 동백기름이고, 사람 키 높이의 동백숲은 가난한 남녀가 몸을 숨겨 사랑을 나누기에 딱 좋은 공간이 된다.

서양에서도 장미 못지않게 사연 많은 꽃이 동백이다. 그래서 알렉상드르 뒤마 피스Alexandre Dumas fils는 일찍이 《춘희椿姬》, 즉 '동백 아가씨'라는 사회 고발 성격의 소설을 발표했으며, 주세페 베르디Giuseppe Verdi는 이를 토대로 비운의 여주인공 비올레타 가슴에 동백꽃을 다는 것으로 시작하는 오페라 〈라 트라비아타〉를 만들었다. 미당은 〈선운사〉라는 짤막한 시를 통해 "동백꽃은 아직 일러 피지 않았고 막걸리집 여자의 육자배기 가락만 목이 쉬어 남았다"고 하지 않았는가.

꽃피는 동백섬에

색감이 워낙 눈부셔 빨갛게 멍이 들었다는 표현까지 등장하는 동백꽃이 만발한 동백섬도 한때는 그림의 떡이었다. 실제 가본 사람은 알겠지만 동백섬은 섬이 아니다. 오랜 세월 모래 축적으로 해운대 백사장과 연결되어 있는 이곳은 1980년대 초까지만 하더라도 간첩 침투를 핑계로 웨스틴 조선 호텔 뒤편을 시작으로 섬 전체를 군사 지역으로 묶어놓아 사실 부산 시민들조차 동백섬의 실체를 모르고 지냈다.

권위주의 시대에 서울에서 온 고급 관리나 장성들이 조선비치에 묵으면서 동백섬에서 낚시를 즐기는데 수확이 엄청나다는 소식을 간혹 풍문으로 들었을 정도였다. 그래서 이

곳은 해운대 청산포쪽에서 출발하는 관광 유람선을 타고 먼발치서 바라보는 동경의 섬이었다. 이후 민주화가 되면서 섬은 이제 완전히 개방되었고 둘레길까지 조성되어 여행객들의 단골 산책로로 자리를 굳히게 된다. 실제로 3,4월 동백섬에서 보는 꽃의 위력은 대단하다. "아주까리 동백이 제아무리 예뻐도 내 사랑만 못하다"는 말에서 외려 동백꽃의 절대적으로 고혹적인 색감을 짐작할 수 있겠다.

하지만 꽃은 과거 조선의 사대부들에게는 오랜 세월 천대를 받아왔다. 동백은 질 때 꽃 봉우리 전체가 몽땅 떨어지는 묘한 특징을 지니고 있다. 떨어지는 모습이 마치 사람 목이 단칼에 떨어지는 것과 같다고 해서 사대부 가문에서는 아예 집안에 들여 놓지 않았다고 한다.

가장 눈부신 순간에
스스로 목을 꺾는
동백꽃을 보라

시인 문정희의 시 〈동백꽃〉의 첫 구절처럼 그 뇌쇄적인 아름다움에 비해 어느 날 순식간에 후드득 떨어지는 모습이 허탈하다 못해 너무 허망스러워 지배 계층들의 외면을 받아온 비운의 꽃인 것이다. 그래서 일찍이 조선의 기득권 세력들은 예상치 못한 불길한 일들이 갑자기 생기는 것을 동백꽃 '춘椿'자와 일 '사事'를 조합해 '춘사椿事'라고 표현했다. 이같은 정서로 인해 조선의 양반들은 물론 일본의 지배계급도 극히 꺼리는 꽃이 바로 동백꽃이다. 〈라 트라비아타〉가 일본에서 가장 인기 있는 오페라로 자리매김한 것도 이같은 꽃의 숙명이 그네들의 할복 정서와 가장 근접해 있어서가 아닐까 생각한다.

절정의 봄 속에
우리들이 있었다

동백섬과 이어 있는 해운대 백사장 입구에 들어서면 〈돌아와요 부산항에〉 노래비가 반긴다. 노래의 배경이 해운대이기 때문이다. 노래는 동백섬, 오륙도 등 이 일대 지명을 고스란히 담고 있다. 그래서 '부산을 가꾸는 모임'은 1994년 자체 기금으로 해운대 송림공원에 노래비를 세웠다.

높이 2.6미터의 노래비 상부는 청동판에 부산을 상징하는 파도와 갈매기, 오륙도를 형상화했고, 하부 대리석에는 노래 가사를 2절까지 새겼다. 이 일대 투숙객들이 새벽 산책길에 가장 많이 찾는 곳이 이 노래비다. 이렇듯 부산은 한국의 대중가요, 나아가 대중문화에 가장 많이 등장하는 단골배경이 된다. 해방, 한국전쟁, 1·4후퇴 등 한국 현대사의 굴곡 속에 애환을 간직한 추억의 도시이기 때문이다.

미군 구호물자로 전국적인 명성을 얻었고 이북 피난민들이 대거 내려오면서 온갖 상처와 슬픔을 담고 있는 사연 많은 도시다. 영화 〈친구〉까지 갈 것도 없이 천만 관객 영화 10편 가운데 3편이 부산에서 나왔다. 〈해운대〉, 〈변호인〉, 〈국제시장〉이다.

해운대의 마천루 신시가지는 이미 서울 강남을 능가하지만 달동네 감촌동 비석마을은 여전히 1960년대 모습이다. 바다를 가르는 광안대교의 불빛, 초대형 크레인이 있는 하역항부터 서울 사람들이 고개를 설레설레 흔드는 독특한 냄새의 돼지국밥까지 부산은 한국의 대중가요, 대중문화가 좋아할 요소를 골고루 가지고 있다.

노래 〈돌아와요 부산항에〉는 사실 특별한 계절감이 없다. 단지 첫 구절 "꽃피는 동백섬에" 시작되는 탓에 봄에 조금 더 자주 등장할 뿐이다. 가사의 서정성이 빼어난 것도 아니다. 그럼에도 불구하고 기억하기 좋은 곡조와 향토적인 노랫말 덕분에 반주나 마이크가 없어도 누구나 쉽게 시작하고 또 따라 부를 수 있다.

오뎅 국물에 서너 개의 숟가락을 걸쳐 놓고 불렀던 노래는 이제 세월을 이어, 세대를 넘어 불리고 있다. 나이테 많은 거목처럼, 오히려 세월이 흐를수록 명작의 위엄을 더해가고 있는 것이다. 빨갛게 멍든 동백꽃이 가장 화려한 순간 몸통 채 뚝뚝 떨어지며 여기저기 순간 소멸하고 있다. 동백꽃이 다 떨어지면 봄도 절정을 넘기게 된다. 열어놓은 창틈으로 온갖 꽃향기에 정신이 아찔하다. 절정의 봄 속에 내가 있고 네가 있고 우리들이 있다. 백화제방百花齊放의 계절이다.

한 사람, 삶,
人生을 보내며

오, 장려했느니 우리 시대의 작가여

사진작가 권태균의 죽음에 부쳐

나는 이제 허망하게 이승을 떠난 한 중년 남자에 대해 얘기하고자 한다. 그는 35만 킬로미터를 달린 진한 갈색의 낡은 SUV를 몰고 다녔다. 내비게이터가 없는 차다. 대신 낡아 해어진 뒷자리에는 너덜너덜한 축척 5만분의 1 두툼한 대형 지도책이 있다. 국내에서 축척이 가장 작아, 역으로 가장 자세히 나와 있는 때 묻은 지도다. 카키색 사파리 차림에 챙이 넓은 모자가 썩 잘 어울린다. 영화 〈매디슨 카운티의 다리〉에 나오는 사진작가 킨케이드를 연상하면 쉽겠다.

그는 지난 30년 동안 한반도 남쪽 산하를 누비고 다녔다. 그의 관심은 한국의 자연과 그 속에 부대끼고 사는 한국인이다. 출발은 〈뿌리깊은 나무〉다. 이제 전설이 되어버린 이 잡지에서 그는 개발 광풍 속에 사라져가는 한국 문화와 역사, 한국인의 삶을 흑백사진에 담았다. 시절이 하 수상해 잡지는 군사정권의 등장으로 폐간되고, 그는 중앙일보 출판부로 옮겨 작업을 계속한다. 언론매체에 등장한 그의 사진은 늘 사계의 주목을 받아왔다.

개인적인 작업도 소홀히 하지 않았다. 수차에 걸친 개인 전시회의 타이틀은 '노마드nomad'. 그는 이 땅의 사람, 그것도 가지지 못한 자, 수상한 세월이나 권력 또는 그 무엇에 휘둘려 뿌리까지 파헤쳐져 떠나야만 하는 자들의 곤고하고 남루한 삶을 렌즈에 담아왔다. 지난 정부 때는 청와대로 초대되어 의전비서실에서 4년 남짓 대통령의 동정을 카메라에 담는 일을 맡았다. 이른바 '대통령의 사진가'였다. 객관적으로 실력을 인정받는 자리였다.

그는 한없이 겸손한 사람이다. 늘 나직한 목소리로 속삭였다. 소곤소곤 말하는 그의 수다는 마치 북미 평원을 날아다니는 허밍 버드의 울림과 같이 소박했다. 그와 나는 지난 10년간 붙어 다녔다. 시베리아 냉기가 몰려온 겨울날, 그는 아직은 한창인 나이에 떠났다. 눈빛은 맑고 티가 없이 깨끗했으며 때때로 몹시 쓸쓸하고 외로워 보였다. 그는 꿈이 무척 많은 사람이었다. 그에 대한 추억은 이미지로, 또는 그리움으로 존재한다.

우리는 지난 10년간 매달 만나 공동 작업을 해왔다. 정부에서 발행하는 월간 〈나라경제〉의 시리즈물 '오지기행'이 그 시작이다. 지금에야 자연인 시리즈가 넘쳐나지만, 사라지는 것들에 누구도 관심을 기울이지 않던 2000년대 초, 그는 하루가 다르게 야위어가는 한국과 한국인의 빛바랜 모습을 렌즈에 고스란히 담았다.

오지기행은 큰 호응을 얻었으며 독자의 성원에 힘입어 전통의 지성지인 〈신동아〉로 옮겨 연재되기에 이른다. 강원도 비무장지대 오지에서부터 완도 앞바다 외로운 섬 노화도까지, 그와 함께 한 오지기행은 고향을 떠나온 보통 한국인의 큰 박수를 받았다. 그리고 미디어에 비슷한 기획물을 등장하게 하는 도화선이 됐다.

그러나 그 많던 오지는 이제 없어졌다. 이후 우리는 동시대 한국인들이 좋아하는, 클래식 반열에 오른 노래의 배경과 현장을 기록에 남기기로 했다. 그래서 등장한 것이 〈신동아〉의 '노래가 있는 풍경'이다. 송창식의 〈고래사냥〉, 김현식의 〈골목길〉, 김민기와 김광석과 양희은과 이문세 노래의 근원을 찾아 다녔다.

이승을 떠나기 사흘 전, 그와 나는 이 연재물을 위해 부산을 찾았다. 수다를 떨며 유쾌하게 국제시장 골목을 걸어 다녔다. 부산 오뎅을 먹고 단팥죽을 나눠 먹고, 셔터를 연방 누르며 거리를 취재했다. 그런 그가 자다가 한마디도 남기지 않고 이승을 떠났다. 그렇다. 그는 갔다.

그러나 만일 저승에서 비슷한 일이 있다면 우리는 다시 만나 해왔던 작업을 계속할 것이다. 나는 그가 내게 들려주었던 슬픔을, 기쁨을, 외로움을, 그리고 아름다움을 뚜렷이 기억한다. 그런 그가 갔다. 피안을 향해 눈 덮인 작은 길을 걸어서 차마 떨치고 갔다. 아아, 그는 갔지만 우리는 그를 보내지 아니했다. 그가 어디선가 짓고 있는 웃음을, 속삭임을 나는 깊은 우정으로 느낀다. 그의 이름은 권태균. 그는 쉰아홉 나이에 심장마비로 우리 곁을 떠났다. 오, 장려했느니, 우리 시대의 작가여!

인생,
한 곡

1판 1쇄 인쇄 2015년 6월 12일
1판 1쇄 발행 2015년 6월 19일

지은이 김동률
사진 권태균, 석재현

발행인 양원석
본부장 김순미
편집장 송상미
책임편집 박민희
해외저작권 황지현, 지소연
제작 문태일, 김수진
영업마케팅 김경만, 임충진, 송만석, 최경민, 김민수, 장현기, 이영인, 정미진, 송기현, 이선미

펴낸 곳 ㈜알에이치코리아
주소 서울시 금천구 가산디지털2로 53, 20층(가산동, 한라시그마밸리)
편집문의 02-6443-8859 **구입문의** 02-6443-8838
홈페이지 http://rhk.co.kr
등록 2004년 1월 15일 제2-3726호

ISBN 978-89-255-5661-1 (03810)